U0138543

勇敢的人
請小心輕放

艾莉——文

序 ——————————————————————————————————

没有天生勇敢的人

如果有人看起来總像是無所畏懼
你能不能接受　其實這樣的人也會害怕
可不可以一併看見他們的脆弱
好好收下　他們的心事

這個世界上沒有什麼天生勇敢的人
我們都是藏在大人世界裡
被迫必須勇敢起來的孩子

所有的脆弱 都藏在不得不扛起來的肩膀下
擦不乾的淚 只在每一次轉身後偷偷抹去

勇敢的人請小心輕放
他們看起來的勇敢
是忍住一次次害怕才撐起來的

他們只是比較擅長隱藏傷心
並不是不會疼

艾莉♡

目錄

目錄

詩

目錄

chapter

1

誰比自己更應該討好

只有當自己能衷心地為自己開心起來，
那才是更別具意義的成功。

放過自己的練習

你對自己最壞卻也最心疼，這一輩子能夠陪著你走到最遠的人，
也是自己。

如果可以選擇，你希望自己的人生一帆風順，還是吃盡
苦頭？

如果能夠避免，我想沒有人會願意吃苦。但弔詭的是如
果根本沒吃過苦，就無法體會苦盡之後的甘來，無法感
受努力過後的暢快。

當快樂來得太過輕易，一切都將顯得平淡無味。

遇到逆境才有動力成長固然是人性，但其實我們更喜歡
津津樂道自己的死裡逃生。

死裡逃生證明這些年的自己並不光是浪得虛名。

死裡逃生把苦難化為不朽傳奇讓人生留下奇名。

**人們喜歡津津樂道自己的死裡逃生，喜歡用悲戚的語調
夾雜高亢興奮的語調，暗示著：「我是個吃得了苦的人。」**

吃得了苦代表很多方面的意義，吃得了苦的人就像被聖
潔的光環圍繞，人格顯得分外清高。

吃得了苦會被視為勇於挑戰自己極限、勇於面對難題磨練的人，這樣的角色設定比起外人，更感動的人往往是自己。

我曾經聽過這樣的說法，人生所有的難題都是此生來到這世間前，自己挑選來的。

那些差點要了小命的、以為自己挺不過的難關，都是那時的自己選擇來的，都是當時的自己希望能夠克服的，所以這些壞事才會陸陸續續發生在我們身上。

既然，人生的難題都是自找的，那就更不可能會難得倒我們。

畢竟你最明白自己有多少斤兩、心再狠也不會把自己逼到出場。

只是，就算明白了難題總會有辦法克服，你一定也感嘆過人生這麼難，過日子這麼辛酸，你根本不明白自己是不是在做有效的努力。

就算每天都很努力，卻感覺不到自己在前進。

就算每天都很盡力，四面八方的打擊依舊不遺餘力。

比起繼續埋頭苦幹，你更想不顧一切拋下所有不幹。

比起勇於承擔，你更希望別人能看出你很需要分擔。

但是，把自己逼到絕路的分明就是你自己。

總以為自己不夠好，卻忘了要對自己夠好。

忘了要讓自己在已經夠努力後，學會不再繼續勉強自己。
努力過後不論結果如何，我們都已經可以好好面對自己。
努力過後，要學著忽略心裡那個總是恐嚇著自己，怎麼樣都不夠好的聲音。

你後來弄懂了一個道理，最看好自己的跟總是唱衰自己的，其實都是同一個人──就是自己。
人生的難題如果真的都是自己挑選而來的，你想你能笑著收下這些考題。
在來到世間之前，因為太明白自己的能耐而特意選了分外艱難的課題，因為太看好自己的本事而刻意揀選了別人急著避開的打擊。
就像喜歡品嚐美酒的人也總喜歡挑戰烈酒，那樣的酒入口時難掩苦澀，那難下嚥的口感就像在證明自己經得起人生種種挫折。
能夠面不改色吞下這一口苦澀，好像就代表你是個夠堅強的人。

當人生這些課題與打擊真正地發生、橫在眼前，別人都還沒來得及唱衰，我們總是搶先擔任第一個恐嚇自己的人。
「怎麼可能辦得到？」

勇敢的人
請小心輕放

「為什麼壞事又發生在我身上？」

種種的壞念頭、負能量忙不迭地冒出頭，你以為所有的人都等著看你笑話，你以為每一個人都等著看你失敗。

其實，你知道嗎？

這個世界上每個人都有自己的日子要過，對每個人來說，自己才是人生的主角，就算願意花時間談論你的八卦，那樣的好奇也不會持續太久。

三五天過去，也許連你的名字都記不起來。

一直想盡辦法為難著你、總是盲目相信著你的人，都是自己。

只有自己會在事情還沒發生前，想盡所有最壞的狀況為難自己。

只有自己會在累到過不下去時，要你再多撐一下別讓人看不起。

你對自己最壞卻也最心疼，這一輩子能夠陪著你走到最遠的人，也是自己。

記得要對自己好一點，那是最看好你、相信你的人，即使那也是最常打擊你、唱衰你的人。

無論身邊多少人來來去去，你最該對自己不離不棄。

預支人生所有好運

如果孤獨比愛另一個人舒服，那為什麼要讓自己吃苦。
如果孤獨是你最享受的幸福，更不必逼著自己找歸屬。

撐過了疼痛不堪的一年，你笑說自己去年走「痛運」。
好強的人都是這樣的，在咬著牙撐過去之後，才在別人
面前雲淡風輕當笑話說起。分明那些痛到骨子裡的瞬間、
輾轉難眠的每一夜都獨自熬了過來。
你說，當時還真是不好對誰說。
你總是擔心很多，擔心不管對誰說都是打擾，不管麻煩
了誰都難以回報。
最後，就選擇了誰都不說，也就不會依靠誰太多。
依靠只會造成別人的麻煩，與解決困境根本無關。
你從小就對可以依賴誰這樣的事棄權，凡事都靠自己打
算。

去年的「痛運」是從跨年夜前一週，左後頸部一陣陣持
續的刺痛開始的。你原本沒放在心上，卻在幾天後發現
自己左半邊臉整個垮了。

勇敢的人
請小心輕放

在朋友的嚴正警告下，你才後知後覺冒著寒流連夜去掛了急診，最後醫生下了個不輕不重的診斷：顏面神經失調。

就從那個冰冷的跨年夜，開始了你一整年的「痛運」。

那一整年三百多個日子裡，你時不時就拉傷，只要稍微舒緩了一些就又再拉傷。

從來不跟你講公平的這個世界，卻在拉傷這件事上對你相當公平。

那些三番兩次的急性拉傷平均分布在全身不同部位。

一向堅持不吃止痛藥的你，不堪疼痛的糾纏影響到工作及日常，在確定劑量以及不會傷身後，才終於使用。

即使在病痛纏身的那一年，你也沒有表現過低潮或者抑鬱，只是那些要命的疼痛難免還是影響了你的生活作息。

經過那幾次急性拉痛到舉步維艱，你才正視起一個人過日子裡許多的不便。

單身的日子除了逍遙滿足，病痛時的慌張當然是難以避免的壞處。

所有的選擇都有極好與極壞的兩面，單身的選擇也不例外，有多自由就有多無助。

但因為可能會遇到的壞事，就硬逼著自己找個人陪伴，這也未免太過離譜。

如果孤獨比愛另一個人舒服，那為什麼要讓自己受苦。
如果孤獨是你最享受的幸福，更不必逼著自己找歸屬。

只是，一個人也能過得很好跟放棄了愛情是兩回事，你不懂為何很多人把這兩件事混為一談。
你只是還在找那個人，那個人會讓你相信變成兩個人後不會失去一個人時的自己。
你只是還在找那個人，那個人經得起白眼不耐煩、吵得起架，牽起你的手就不輕易鬆開。
不管在別人眼裡的你有多獨立，還是想要有個人可以陪。
不管在別人眼裡的你有多強悍，還是願意在誰面前流淚。
你終究還是好強也無法輕易相信任何人，雖然大家都以為你膽子大，只有自己最知道你欠缺那股放心再去愛、根本不管會不會再受傷的勇氣。
你想要找到那個讓你不再害怕的人。
那種不害怕不是眼中多堅定的情感流轉。
那種不害怕是你再張狂他都明白是不安。
你需要一個像大海般的胸膛，包容你每道自虐的傷疤。
你在找那對明明朗朗的雙眸，笑著看穿你每一次掙扎。

你後來真的明白了總是擔心太多、胡思亂想過度的自己，等的就是一個不閃不躲的人，他不怕陪著你再去試一次可能幸福的機會。

勇敢的人
請小心輕放

在遇見了他之後，你這才明白為什麼自己從小到大都不
走運。

原來為了遇見他，你早已預支了人生所有好運。

那一天來到前，都要好好的

單身哪有什麼可怕，你不怕寂寞更不會因為寂寞投向誰的懷抱。
單身哪有什麼可怕，你怕的是，並肩躺上雙人床卻寧願自己是一
個人。

這是一場在前一年八月底就開好機票，隔年才要成行的
四月賞櫻之旅。
當時刷下機票不是因為大促銷，單純是心癢難耐想要旅
行的癮犯了，只好先刷刷機票解解渴。
誰知道，那張機票卻硬生生買在高檔。
你不明白，買機票又不是買股票，怎麼會買在高檔。
更不明白在自己刷了機票後的三四個月內，價位硬生生
便宜了三千。
想不明白，自己的人生總有許多這樣的想不明白。
想不明白，都已是四月櫻花正盛的季節，怎麼還會遇上
這場風雪。

當小小的雪花慢條斯理落下時，你正在一個叫白兔的偏
遠小鎮上、十分鐘後就要打烊的超市前停了下來，看著

勇敢的人
請小心輕放

越來越暗的天色，想找點什麼來充飢。

都已經這樣隨和到近乎隨便了，卻還是空手而返。一走出超市，黑壓壓的天就這樣緩緩降下雪花。

那時候的你還不知道，正要經歷一場人生見過最大的風雪。

本以為只會是一場頭皮屑般的下雪鬧劇，一碰上手心就融化，過個十來分鐘就會結束。

根本沒料到這場雪會越下越大，當車子因為沒有雪胎在高速公路閘口被攔下，被迫折返改走其他道路，你才真正感到心慌。

忍著飢餓在伸手不見五指蜿蜒曲折的山裡趕路，漫天雪花不知節制地撲向車窗，路旁的雪也越堆越高。

你突然對這場雪失去了耐心，甚至想發脾氣。

這時，你想起了去年年底耐不住等待、等不及四月到來瘋狂搜尋著機票想要在年末去追雪的自己。

好想在漫天大雪裡旅行呀！

你還記得當時自己的吶喊。

而此刻，不正是老天爺實現你願望的時候嗎？

想到這裡，對照眼前景象實在太過詭異，你忍不住放聲大笑。

老天爺總是這樣的，不見得會在你開口要求時就即刻應許，祂自有安排，你得拿出耐心來，祂不做交易不談買賣。

該你的總會給你，卻不見得會在你最想要的時候。

該你的總會是你的，無法保證但誰也沒欠你承諾。

該你的總會是你的，大哭大鬧也沒用你最好盡早看破。

該你的總會給你，只是你經得起多久的等待？

因為等待太磨人，因為不知道自己還可以勇敢多久，很多人早早就決定了不再抱著任何希望。

反正希望只會帶來失望，只要沒有期待就沒有傷害。

總以為希望都是空幻的，是種多餘的空想。

總覺得期待是多餘的，會成為自己的弱點。

尤其是愛情。

可以依靠的只有自己，如果真希望什麼，就只希望自己一個人也要過得好。

你身邊從來不缺想要跟你在一起的人。

你缺的是那個你想要一直在一起的人。

單身哪有什麼可怕，你不怕寂寞更不會因為寂寞投向誰的懷抱。

單身哪有什麼可怕，你怕的是，並肩躺上雙人床卻寧願自己是一個人。

勇敢的人
請小心輕放

你見多了相對兩無言的關係，也明白自己的難搞並不只是在工作或人生，在愛情裡也是。

就算兩個人在一起，你也想要保有自己的空間。

你可以兩個人時常共處，卻更加需要獨處。

你可以很獨立卻沒放棄依賴，你的逞強他要懂得心疼，你會很懂事偶爾也想要個賴。你想要談場一輩子的戀愛，想要他看著你時總帶著最初戀上你的眼神。

這麼多的想要都是你對下一段愛情，所許的願。

過往經歷的愛情，多多少少會留下一些無法替代的記憶，也許鮮明，也許模糊。

你的人生開始有了一首跟漫天風雪緊密結合的歌，後來再聽起這首歌時，你就會立刻回到漫天風雪的那個夜晚。

那一晚，遇見目前人生最大風雪時，車上正好播放著《我們的總和》，簡單的吉他、乾淨的嗓音唱著：

無論我怎麼截彎取直 找不回你

在那一晚狂妄的風雪中，你聽著歌，想著自己擅長遺忘過往愛情記憶，算不算得上是一種幸運？

沒有哪位無法遺忘的 Mr.Big，沒有一個總是埋在心裡的大魔王。

你的心態很健康，談戀愛的過程都是修練，你在每一場戀愛裡慢慢進化，進化成更懂得怎麼去愛、進化成懂得再愛一個人永遠都要先記得自己。

你對下一次的戀愛很有把握，讓你沒有把握的是那個不知道什麼時候才會出現的人。

如果可以許願，那你會希望那個人在你還願意相信幸福時，及時出現。

那個人出現前，那一天來到前，都要好好的。

小心你說出口的願望，當它實現的時候，我希望你還能笑得出來。

別再叫我加油

真正的堅強是明白自己也可能失敗到一蹶不振。
真正的堅強是承認自己的脆弱不會很快好起來。

人生最壞的時候，都不會相信好事正在幾天後正等著發生在自己身上。

聽別人說著一切都會過去的時候，你心中滿滿的憤怒。
聽不進去那些長篇大論、聽不進去過來人的經驗談，你只想對他怒吼：

你懂什麼？

就算是經歷過一樣的事，也不代表他能真正懂你現在的心情。對他來說已經雲淡風輕的過去，你卻正陷入地獄裡備受煎熬。烏雲根本不會這麼快就散去，是他太早忘了不快樂時多糟糕。

那些所謂過來人的安慰更讓你覺得不被理解，為什麼會這樣？

即使是走過同樣的路、遭遇過一樣的難處，也不該輕鬆面對他人的困境，更不應該輕易說出「加油」這兩個字。

沒有人願意像灘爛泥使不上力，力氣早已用盡不知該再怎麼努力，根本動彈不得。你沒有選擇更不能決定，只是被迫接受這樣喪氣的自己。

你當然希望自己能夠好起來，卻止不住地想自己注定要失敗。

所有的衰事總不請自來，什麼幸福快樂都與你無關毫不意外。

人生總會有這樣的時候，什麼也做不了、什麼都不想做，只能賴在原地動彈不得。

你對自己無能為力，甚至也無力感到悲傷。

你的情緒掏空對未來沒有計畫，甚至連夢想也早就被你遺忘。只能像其他人一樣平靜過著日子，盡力讓自己像一般人正常。

小心翼翼不被察覺不是怕丟臉，是怕朋友擔心自己怎會這樣。拼命偽裝是要避開有事沒事就找來的麻煩，你厭倦要一直扛。

過日子早已耗盡了力氣，哪有多餘氣力對抗這個世界的荒唐。不管心裡多過不去，日子也要照常過下去，每個大人不都是這樣子的嗎？

勇敢的人
請小心輕放

把心事埋在只有自己知道的樹洞裡，趁著四下無人，才
敢放聲大哭一場。

哭過了，把眼淚擦乾，你知道明天自己還是會一樣的厭
世。

其實，感覺厭世也是一種幸福，因為那樣的我們並不是
真正的厭煩這個世界。

那些一派輕鬆要你加油的人，不是無法感同身受，他們
是忘了每個人的苦痛各有淡出的速度，各有不同的方式
清除。

苦痛也講宿命的，有些人特別擅長承受苦痛。

像你，總不急著喊停，會耗上多一點的時間靠著自己慢
慢好起來。

有些輕易說出加油的人原本是好意，但又幫不上忙只能
心虛脫口而出那你加油。

他不知道該怎麼安慰你，也無法幫你遠離困境，只好脫
口而出一句加油，是為了讓自己好過，是覺得至少為你
做了些什麼。

你可以懂得他的不安，直視別人的低潮總是特別難堪。

你也不是不願意為自己的人生負責。

但低潮又不是什麼壞掉的電器，怎麼可能說修好就修好。
低潮是難纏該死的病毒，有時候連醫生都難以對症下藥。
你願意相信人生每一段經歷都是避不開的旅程，你只是
需要一段被允許的時間，不被催促、沒有責備，讓你可
以帶著破碎過後的自己，一點一滴慢慢努力。

不必總是想著要修好你，就算破碎過了、就算並不完美，
這樣的你就是自己最真實的樣子，也是那個讓你願意好
好繼續相處的自己。
你很想對那些擔心你、關心你，甚至等著看你笑話的人
說：
別再叫我加油，就算我的努力你看不見。
別再叫我加油，我的長假不會被你設限。
別再叫我加油，厭世不代表對人生棄權。
別再叫我加油，我的努力不是一種表演。

快樂是沒有辦法教的，不是要你想開就可以馬上辦到。
心理學上有個知名的實驗：
要受試者不要想一頭粉紅色的大象，一直叫對方不
要想，結果腦袋裡就活生生地出現一頭，粉紅色的
大象。

情緒也是一樣，當被提醒著：「不要不開心，趕快忘記
那些傷害。」
反而是更加提醒你要記住。
再堅強的人都經歷過脆弱，這不是什麼丟臉的事情。
容易陷入低潮正是因為你太過在乎、太過好強的個性，
才容易把自己逼到絕路。
真正的堅強是明白自己也可能失敗到一蹶不振。
真正的堅強是承認自己的脆弱不會很快好起來。

不必加油也沒關係，不管還要花上多久時間，這是你的
人生，當然可以給自己這段被允許的準備期。
當你準備好願意去面對、去經歷這些為難，那就會是你
最好的時候。

最重要的貴人是自己

機會是來自於你自己，來自於總是努力不懈的自己。
最重要的貴人是自己，對每次機會負起責任的自己。

交換名片是社會人士很常有的情形，但交換來的名片，
你真的都好好收著嗎？還是擱在某個被遺忘的抽屜裡，
等著過年大掃除時一併清理呢？

許多人有這樣的迷思，以為認識的人都算自己的人脈。
以為經營人脈是每場大小聚會都必須到場，以為在那樣
的場合裡滿場飛舞，就是自己人脈夠廣的表現。
那樣場合遇見的大多是點頭之交，**交換名片不是交情的
保證，那是雙方有資源足以交換的憑證。**
名片代表你在一個組織裡的地位，你的名片代表的不是
你這個人，而是你背後的組織擁有的一切資源，講更白
一點，就是你們可以相互利用的程度。
當你離開這個職位，那薄薄的一張名片當然無法維繫你
們的交情，他只要輕輕一揉，你的重要性就只剩下一團
皺皺的紙，輕到沒有任何重量。

不是每個人都這麼現實～還是會遇過一些貴人的。

我聽見這樣抗議的聲音說著。

貴人是怎麼來的呢？

你是不是以為茫茫人海總會有自己的貴人，所以才要拼命認識更多的人？

你是不是以為讓別人認識你、知道你的存在就會有更多出人頭地的機會？

這是個功利的社會，不會有人因為你們是朋友就一直給你機會。

每給出一個機會，都是一個賭注。

賭上他看人的眼光，賭上他的可信度，更賭上你們之間的交情。

貴人不光來自位高權重的人，貴人也可能是在身邊跟你共事許久的人。

他知道你做事的態度，是可以依靠的。

他看過你處理事情，迅速不拖泥帶水。

他明白你的本事，絕對可以獨力作業。

他之所以能夠信任你，全都來自長久時間近距離的觀察。

除此之外，更重要的貴人是自己，是那個一直努力著、總是不輕易放過自己的你。

每一個找上門的貴人，都見識了你過往的累積。

每一次交到手上的機會，都是來自你不曾放棄。

機會是來自於你自己，來自於總是努力不懈的自己。

最重要的貴人是自己，對每次機會負起責任的自己。

要不是你辦事總是讓大家放心，需要人才時不會有人想到你。

要不是你夠有本事能處理每一次大小危機，不會有人推薦你。

沒有人會想找自己麻煩，老是找個不靠譜的人辦事，到後來還要自己收拾殘局。

如果自己沒本事，再多的貴人也無濟於事。

如果自己沒本事，再多機會也只會多壞事。

不要以為花時間社交，是帶領自己走向成功的捷徑。

不要以為身上掛滿不同的頭銜，就是夠成功的肯定。

那只是交際，不保證交情。

那只是交流，不是交朋友。

別光想著藉由廣闊的交際關係讓自己一步登天，你該專注於現在的自己能做到的最大努力是什麼。

別總是想靠攀關係、組織小圈圈，來穩固自己在公司的地位。與其花心思勾心鬥角、結黨營私，還不如仔細做好分內工作。

勇敢的人
請小心輕放

明白自己的極限，朝著那樣的進度去完成，不過份勉強自己，做好自己該做的事，負起自己該負的責任，不推卸工作給同事，行有餘力再對需要幫的忙出手相助。

最重要的貴人是自己，不管你選擇做一個什麼樣的人，最該明白的是所有的努力不是為了讓別人看得起你，而是為了要對得起自己。

沒有什麼事情是可以隨便處理的，沒有什麼責任是不必認真對待的，以這樣的心態去完成所有自己該面對的事情，就是最對得起自己的標準。

當你平常做事讓人夠放心，機會來了當然不會找上別人。而那樣難得的好機會，正是最初的你用這一路上對得起自己的堅持換來的。

不從彼此的全世界路過

妳期待這樣的感情，
出現時沒有人清楚到後來兩顆心再不往他處。

妳單身的寂寞是說不出口的苦澀。

當大家都鼓吹著單身的好，感到寂寞的自己在單身的人群中落單，簡直就是單中之單。

可以把一個人的日子過得很好，不代表就放棄了愛情。

妳也不明白為什麼渴望愛情會變成單身之恥。

單身不知道從什麼時候開始成為一個標籤，緊緊黏著妳不放，怎麼甩也甩不掉。

過了經常被問起要不要介紹對象的年紀，朋友也不再好奇打探妳的感情，好像大家都理所當然認為妳決定一輩子只跟自己過下去。

妳漸漸被世界遺忘，很多的時間裡，妳都是一個人在過。

妳開始擔心起那個原本以為最後會出現的人，也已經停下來到妳身邊的腳步。

勇敢的人
請小心輕放

妳的日子真的沒有什麼不好，卻還是想要有個人可以依靠。

這幾年突然覺得自己有點老，妳不渴求驚天動地只要剛好。

剛好可以一起生活的那個伴。

剛好明白彼此生活大小習慣。

剛好接受妳那些難搞與難堪。

剛好出現兩人牽手再也不換。

但現實人生又不是撿到阿拉丁神燈，這些剛好剛剛好一個都沒出現在妳的人生。

妳的幸福不像別人的說來就來，好運不跟妳擦肩它直接略過，妳不在候選名單連補位都排不上。

妳倒也沒有絕望到只要是男人就好，妳還在期待答案揭曉。

愛情不隨身攜帶指南針也沒填上座標，妳不知道該往哪個方向去，才能遇見自己的專屬。妳不光是迷了路而根本就是路痴，路上沒有同伴，只剩妳一個人盲目地前進。

妳不排斥愛情，卻又被單身緊緊綑綁。

妳不知道還要多久，這顆心才能安放。

妳失敗過幾次，但妳明白在遇見他之前那些錯過都是必要。

不適合的終究要分開，兩個人都在愛裡受了傷，沒有什麼誰比較對不起誰。

妳不明白，到底要錯過多少次才能遇見對的那一次。

妳想搞懂，自己是不是連錯過的機會都不會再有了。

在生活工作上俐落的妳還是想在人生中有陪伴。

他們說是妳以往的堅持才讓現在的自己落單。妳不明白，耗盡了青春的這場等待，難道不夠格要求一個夠好的人？

妳的夠好不是什麼無人可敵的高標準，不是任意把妳寵壞。妳的夠好是要對妳有夠好，好到讓妳感謝自己這麼久的等待。

妳會繼續等待，等待著把誰的偶然變成自己的命中注定。在等到他之前妳會把日子過好，免得他千山萬水來到眼前卻認不出妳。妳也希望在妳還沒有辦法照顧他之前，他要懂得善待自己。

妳當然也會害怕，害怕自己會錯意，比悲傷更悲傷的是空歡喜一場。

妳當然也會害怕，害怕鼓起勇氣讓自己去愛了，又一身是傷的退場。

只是，不去嘗試就永遠不會知道答案，如果總是讓害怕逼退自己，也只能一輩子都躲在害怕裡了。

勇敢的人
請小心輕放

妳明白自己的心不會輕易交出去，沒有人可以趁妳寂寞
順勢入住。

妳等待那個只有他可以寫下的結局，月圓了又缺妳不會
輕易讓步。

妳期待這樣的感情，出現時沒有人清楚到後來兩顆心再
不往他處。

單身許久的妳，原本的全世界就是自己。

妳還在找，從來不輕易放棄過等待，等那個把妳當成像
是自己的全世界那麼重要的人，到時妳就會願意讓他進
入妳的全世界。

你們不會從彼此的全世界路過，你們會一起擁有一整個
世界。

恐懼幸福症候群

你已經習慣了所有一個人該面對的難，
根本不知道該拿幸福怎麼辦。

有一種人在快樂時總想著流過淚的曾經，在幸福時總擔
心起不幸的可能。

這樣的人總以為自己吃過的苦還不夠多、受過的傷還不
夠痛，怎麼可以輕易得到幸福。

你是不是也一樣有著「恐懼幸福症候群」？

你把自己的期待擺在最後，必須一較高下時習慣放手。

從來不覺得自己夠好或是應該得到，比起自己，別人才
是最好。

後來你當然也會後悔，懊惱自己當初為什麼不用盡全力
放手一搏，卻又在下一次機會來到時，依舊躲進不被注
意的角落偷偷在乎。

你告訴自己沒關係，那樣的好事本來就不該輪到你。

你告訴自己別在意，次等選擇剛剛好適合這樣的你。

勇敢的人
請小心輕放

你要自己別太貪心，比起擁有很多事情更應該放棄。

比方說愛情，你以為。

連你都沒有辦法喜歡上全部的自己，怎麼能夠奢望有個人會天長地久陪你。

你很常恐嚇自己，如果不認真過日子，全世界都會瞧不起你。

你習慣強迫自己在很短的時間內解決大大小小的問題，如果辦不到，就會莫名其妙地厭惡自己。

你總是對自己太過嚴苛，別人一句漫不經心的說詞，聽在你耳裡都成了批判，即使對方只是善意的提點。

這樣的你變得越來越敏感、越來越在乎別人的看法，卻也越來越不容易快樂起來。

你擔心被別人討厭，卻連自己都不喜歡自己。

拼命分析別人是不是話中有話，面對讚美也無法坦然接受。

因為覺得自己不夠好，當夠好的事情發生在自己身上時，你竟然是第一個無法接受的人。

每一次可能戀愛之後的落空是你最安心的時候，不光是因為你終究習慣一個人，更是因為比起擁有幸福，你更擅長不幸。

你已經習慣了所有一個人該面對的難，根本不知道該拿幸福怎麼辦。

你在愛情面前總是頻頻怯場，動不動希望悲劇收場。

一旦悲劇發生，傷痛無處安放，便層層堆疊成你的逞強。

你早已預見如此下場，事到如今再不必對誰有提防。

你最終一個人出場，眼看自己的孤單一直別來無恙。

其實你沒有什麼過不去的傷痛，心裡也沒有放不下的大魔王。

對你來說，過往不管是人生或愛情上的失敗，最需要究責的對象都是自己。

因為太執著現在的困頓，你無視自己曾經的努力，在無力中認份。

你揮不去對將來悲觀的想像，糾結於過去的錯誤，反芻自己的失敗，反感自己的渴望。

就算早就沒有人記得，就算只剩你一個人在乎。

你就是自己最嚴格的批判者，總是阻撓自己去向更好的遠方。

你擔心別人遲早發現自己一無是處，不讓他們的善意與關心多接近自己一步。

你必須要明白每個人總難免偶而會對自己失望，感到無能為力也是常態，對這個人世間來說，無常才是正常，無常正是日常。

當無常來到，情緒當然會被影響，坦然面對低潮不是一件容易辦到的事情，但習慣活在失敗中也不應該是你人生的唯一選項。

你要學會原諒自己，原諒自己的自卑、原諒自己的不完美、原諒自己太過好強、原諒連自己都曾經不允許的脆弱。

原諒自己喜歡上一個人，反而想要逃開的恐懼。

原諒自己無法多想，只能顧好一件事情的效率。

原諒自己不擅交際，人生只要簡單幾個人參與。

原諒自己曾經那麼不喜歡自己，原諒自己花了這麼長的時間才原諒了自己，才喜歡上自己。

你花了這麼長的時間，才弄明白了有些情緒僅僅是一時的慌張，而另一些卻是必須的堅持。

你會在真正原諒自己之後知道，很多事情並不是因為你不夠好才失敗的。那些會失敗的事情只是太早來到你的身邊，再晚一點就不會把相遇過成攪局。

當歲月的悲喜劇你都能笑著當惡作劇看了，這樣的坦然，自然就會把恐懼幸福症候群帶離開了你的人生。

傷痛不在場證明

愛情的相反不是無情或懷恨，愛情的相反是愛過。

回到一個人生活，最難接受的是他的好或不好，都跟你
再也沒有關係。

你失去對他生氣的權利，不能再霸道或任性。

你不能再要求他早點回家，而不是早上再回家。

你的擔心是多餘的打擾。

你的在乎他看了只想逃。

你這才明白，**愛情的相反不是無情或懷恨，愛情的相反
是愛過。**

你們愛過了，從此人生再無相關，兩不相欠。

只是失戀你不准自己太過悲傷，顯露自己的情緒只會造
成別人的困擾。

當壓抑不住的悲傷突然湧上，你就會笑、笑到最大聲，
笑到讓自己光明正大地流出眼淚。

那些看起來很好的人，只是比較擅長假裝。

那些看起來沒事的人，只是比較習慣隱藏。

你就跟其他大人一樣把情緒淘空，讓自己行屍走肉般一天天過著日子。

其實這場失戀早在你預料中，聽到他要分手的時候，你還鬆了一口氣。

從這段感情開始的第一天你就等待著結束。

說是等待嗎？

其實更多是擔心害怕，你不確定自己能不能談好一場戀愛，不確定自己愛的方式是不是對的，更糟糕的是你不確定自己是不是值得被愛。

總有一天他會發現的，你心裡總是這樣想著。

總有一天他會發現的，發現自己不是那麼好的一個人，不值得被愛。

從小就是這樣的，不管你有多乖巧多聽話、交出多少個第一名或獎牌，受寵的永遠是其他的孩子。

大人不喜歡你，看著你的眼神就覺得你是個累贅，真是個不討喜的孩子。你從小就習慣把壞事的發生怪罪在自己頭上，是你不聽話爸媽才會分開。

分手的那一天你感到如釋重負，不是你負了他，而是他終於發現了你的不可愛。

你早就知道了，你們遲早要分手。

與其總是在愛裡擔心受怕，不如盡快確定自己不再被愛，你還比較知道該拿自己的心怎麼辦。

反正寂寞是你的強項，你們終究要走不同的方向。

反正心不在就別強求，你們誰也不欠誰一個原諒。

每一段愛情都很像，傻傻笑得特別甜的那兩個人。

每一次分手也相像，說好一起去的永遠再也不認。

他提出分手你點了點頭，還是把早餐送到他手上。

食不知味啃著早餐，聽他說著要分手的理由，每一段愛情的結束為什麼都這麼像？傷心的人都只有自己。

你突然想起剛交往時，他說，要替你擋住全世界的風吹雨打日曬，你笑著說自己又不是野草，幹嘛會被風吹雨打日曬。

那，現在的狂風暴雨又是誰給的呢？

你很平靜被告知這個決定，被告知你們要像兩個成熟的大人一樣和平分手。

他話一說完，你不能讓空氣尷尬地靜默著，立刻堆出了滿滿的笑容，明明知道那是你的虛張聲勢，但他也已經不再在乎了。

勇敢的人
請小心輕放

你還是想要牽著他的手好好走下去，卻不知道他明不明白。

如果被馴養，就要冒著流淚的風險。

你突然想起小王子裡寫的這句話，眼淚就不爭氣的流下來了。

每個寂寞的人都在假裝不擔心無眠的夜深。

每個脆弱的人都想盡辦法讓自己止住傷心。

每個心碎的人都拼了命想抹去傷害的指紋。

沒有告訴過別人的是，剛分手那一段時間你真的很不快樂。大笑的同時，心裡是空蕩蕩的。朋友聚會時，只想趕快回家。

你知道朋友的邀約都是好意，大家希望你可以趕快好起來，你也總是很配合地笑著說自己沒事了。

其實不是的，你很有事。

太懂事的人常常把心事藏的很深，願意說出口的往往已經雲淡風輕。

如果，這樣的人在你面前落淚了，

那是因為他覺得安全了，在你面前，可以不必像個大人不必武裝。

失戀這樣的事又不是百米衝刺賽，誰最快衝破終點線就能獲得重生。

再說，失戀的終點在哪裡？

失戀的終點是遇見下一個人，還是決定從此一個人生活？

後來你就乾脆一個人了，那時候的你日子過得若無其事卻很易碎，稍微不留神就四分五裂。你的力氣只夠安安靜靜過日子，只夠為自己的人生負責。

分手後的人悲傷快樂都長得一個模樣，情緒像團揉皺的廢紙，扔在牆角很快就被遺忘。

你找不到理由笑，卻也流不出眼淚。

身邊的朋友小心翼翼不去觸碰你的傷口，你卻拼命自嘲搞笑朝它灑鹽。

你也想過不顧一切讓自己沉淪，卻發現沒有人會接住你。

分手過的人都懂，回到一個人的生活，當然還是會再認識一些人，但你總覺得哪裡不對。

朋友跟你說，沒關係，那不是他。

如果是他，你們自然會被時間推著走，你們會越來越靠近彼此，會越來越認識對方，會越看越順眼。

但你沒有看誰順眼，只覺得自己的開心都像是在表演。

你只是把傷心順延，把日子過成絢爛奪目的聖誕櫥窗，漂亮卻沒有一點溫度。

勇敢的人
請小心輕放

你的傷心是被慢慢瀝空的，空了之後的心卻也裝不進其他情緒，沒有了悲傷，你的心整個失去重心。

就跟這個家一樣，收納櫃、衣櫥都多出了一半的空間，備份鑰匙多出一份，早餐只要準備一份。你一個人在大大的空間裡撐起自己的無助。

你覺得這樣很好，可以在安心從容的空間裡，縱容自己傷心到一塌糊塗。

推倒了長城，才可以再蓋起來，你要讓自己在這段中場休息時間裡，盡情的難過再狠狠的好起來。

你答應了自己，在這段日子要哭就哭到最大聲、哭到聲嘶力竭，讓自己重重的摔落，哪怕沒有那雙可以接住自己的手、哪怕會摔到鼻青臉腫。

你要帶著這樣狼狽的自己，跌跌撞撞也無所謂，不見天日也不害怕，你陪著自己慢慢前進。

他離開了你，你還是可以找到通往幸福的路。就算一開始是一個人、就算會繼續在沿途迷路。

那些迷過的路都是為了要帶著自己去到最對的方向，是要去到下一個轉彎的巷口，去遇見迎面而來翩翩飛舞的彩蝶、去遇見爬滿整道牆面放肆盛開的花朵。

你的人生是為了後來的這些美好的遇見，才要先經歷過那一段崎嶇的道路。

所有為過上更美麗人生的努力，都是為了在某一天派上用場。

某一天當你終於能笑著開立傷痛不在場證明時，就會懂得那些你曾經錯過的，歲月會拿別的還給你，讓一切美好回到你的人生。

錯過的愛情，還給你更柔軟的心、更懂得最該善待自己。

錯過的際遇，還給你懂得珍惜，把握現在不再空等以後。

錯過的厄運，還給你懂得感謝，別人的好不是理所當然。

不要擔心自己不可能再幸福，該擔心的是肯不肯給自己再一次幸福起來的機會。

對自己好一點，這個人可以決定你能不能快樂幸福一輩子。

勇敢的人
請小心輕放

所有的選擇都是最好的

如果總是後悔曾經的選擇，可惜因為不同選擇而造成的失去，當然就不可能會快樂。

你很熟悉那樣的笑容，僵硬上揚的線條從嘴角用力擠出一抹微笑，眼神空洞不帶一絲喜悅。
這樣的笑容通常會在旁人問著「沒事吧」時出現。
也不是刻意想要隱瞞，只是明白了太多事就算說了也不能夠被解決，太多情緒不知道從何說起。在不知道如何面對關心時，你也曾經習慣擠出那樣的笑容。

不是不愛訴苦，只是很早就明白人生的苦到頭來都得靠自己去解決，說得再多只是滿足別人的好奇心，和偷窺別人生活的欲望，對真正的難題也不見得有幫助。
太早看穿人性的你，年紀越大就越少主動談論自己的心事，你甚至也不會過問別人的事。
只是覺得自己無力插手別人的人生罷了，卻因為這樣常常被認為是個冷漠的人。

打牌時有個通用規則：拿到梅花 3 的，可以搶先獲得出牌權。

搶先出牌並不能保證一定會贏得這一個牌局，沒拿到梅花 3 的人生也不見得會從此就毀了。

你從小就是個只拿得到黑桃 J 的孩子，人生的起跑點不上不下，常常被黑桃 J 以上的牌輕易壓制。

沒有驚人的家世，課業不特別突出，曾經當過幹部卻不是那種風光的意見領袖，沒有人想過後來的你會小有成就，說不定有些人甚至已經忘了你們曾經是同學。

因為沒有人可以依靠，你很小的時候就明白了凡事靠自己的道理。

因為能夠擁有的東西不多，你也自然學會了珍惜一切當還來得及。

因為明白自己不是天生好運，只好不斷努力不讓自己的夢想遠離。

這樣汲汲營營過日子的孩子，是不懂得抱怨的。

人生就是不停的交換，拿玩樂的時間去換得以生存的金錢，拿堅持的時間去換取未來的發展。

人生也是不斷的選擇，選擇對自己殘忍取代寬容，選擇不求所有人喜歡只要對得自己。

不可能拿下所有好事，這是你早就明白的道理，因此，當好事發生在自己身上時才會顯得如此難得，你才會如此珍惜。

不可能拿下所有好事，天底下沒有這麼好的事，雖然一直害怕著失去卻也不能讓自己習慣失敗。

總是不快樂的人，不是因為懷才不遇或是一直苦無機會，更可能是機會來過而你卻錯過了。

錯過的原因有很多，可能是機會來到時你覺得不夠好，也許是機會來到時你擔心自己不夠好，又或者機會來到時你害怕別人看出來你很想要，這些不同的猶豫都造成了你的錯過。

你的選擇畫出自己的未來路徑，選擇全心全意工作，自然會失去過日子的從容，選擇把工作當作人生的一部分，就可能不會得到那麼大的成就感。

人生就是不停的選擇，與不停的失去。

如果總是後悔曾經的選擇，可惜因為不同選擇而造成的失去，當然就不可能會快樂。

沒有人可以斷定怎樣的選擇是對或錯，只有完全接受選擇帶來的後果並平心靜氣面對，享受這樣的選擇帶來的人生，那麼，不管怎樣的選擇都會是最好的選擇。

只有專注在自己的選擇堅持達成目標，就不會有時間後悔或是猜想如果當初自己做了不同的選擇，人生是不是會有不一樣的後來。

接受自己的選擇，相信當初做出選擇的自己都是想要一個更好的未來，不管有沒有贏在人生起跑點，就算是黑桃 J 也可以擁有自己滿意的人生。

勇敢的人
請小心輕放

不張揚的傷有害健康

原來長大這樣的事不見得越來越堅強，越來越柔軟的態度與身段，也是長大的另一種樣子。

因為不想讓自己遭遇的壞事影響朋友，你總是自己處理情緒。

這樣的個性很常引來朋友的抱怨，每次出事總不見人影，等到再出現早已雲淡風輕。

那曾經的心事當你願意提起時，早已經輕輕放下。

在別人面前幾乎沒有什麼情緒失控的時候，再親密的朋友也隔著一個距離，不遠不近，剛剛好夠埋葬自己的苦痛與無奈。

你其實很常大笑，卻沒有人可以從笑容裡理解到你正經歷著什麼。

處理好自己的情緒，不光是為了自己也是為了身邊的人不被波及。

這不就是大人嗎？
你說。

心事說不出口跟信不信任無關，你只是習慣了凡事都靠自己解決。

除了不想麻煩別人，你更擔心自己的難題像是八點檔的狗血情節，不僅劇情常見，結局更可以省略，連自己都不期待的結局任誰都不屑。

長大的過程中，難免會發生一些心結連自己都難以面對。這麼多年過去了，你以為自己已經做好掩飾，在旁人發現時你可以裝作沒事。

但到了只剩下一個人的夜裡，眼眶總被停不下的淚打濕，反覆質問自己為何總要裝作沒事，放任自己隔絕關心如此自私。

你過了很長一段不開心的日子，安慰起別人來頭頭是道，卻無法正視自己的需要。怎麼消化負面情緒，如何排遣寂寞的道理你都懂，只是傷痛需要時間，你無力逼迫自己天天正能量。

不能否認的是，**傷心比快樂來得吸引人**，所有傷心的故事總是比開心版本來得受歡迎。你總是避免不了這樣想，朋友的打探除了關心你，也帶著八卦的成分。

年輕時的你思想暗黑又負面，總防備著他人的接近，時刻提醒著自己這些的關心也許難得卻不能依靠。

勇敢的人
請小心輕放

更別提原本的點頭之交頻頻打探實在太假，天大的委屈只能自己吞下，你擔心傳到其他人耳裡通通會變成笑話。守住秘密最好的方法就是從來不說出口，真正能夠同理的人寥寥可數，其他人忙著口耳相傳根本不是真正在乎。

你很早以前就認清，再委屈也不會有人完全認同，這個世界沒有公平，寧可相信冰冷機器也不要相信詭譎人性。大多數的人只會表演同情，等待你罪名形成，冷血期待悲劇發生，你的未來就會輕易被犧牲。

付出的代價夠多之後你才會真正長大，才會準備好去接受大人的規則。你將會明白沒有人是來了就不走的，會陪伴一輩子的只有自己。

你一度被如此暗黑的自己徹底綁架，以為這樣的自己注定要失敗。

後來你才發現「人貴自知」這話說得太對，人最可怕的不是暗黑厭世凡事無所謂，而是發現了自己的暗黑卻不去面對。

你試著慢慢處理情緒勇於面對自己，把各方各面的要求降低，不再逼迫自己凡事完美，接近苛求。

原來長大這樣的事不見得越來越堅強，越來越柔軟的態度與身段，也是長大的另一種樣子。

你放寬心看淡許多事，懂了努力不見得就帶來成功，失敗也不代表不夠努力，有些成功需要多花上一些時間、或多繞一點遠路，就算比別人晚了一點，也不代表你比較差。

即使要花上許久的時間等待，即使做不到眾人眼中光耀門楣的成功，那也沒關係。
把日子過好，過成自己最想要的那麼好，不稀罕別人的羨慕，只稀罕自己的快樂。只有當自己能衷心地為自己開心起來，那才是更別具意義的成功。

然後 遇見他時
　　　　才可以愛他
怎麼讓你一個人勇敢了這麼久

差點為了討好所有人
　　　　討厭了自己

因為相信
　　才捨得確他的溫暖　置身天寒地凍
　　才捨得讓自己　繼續跟幸福走走久

有些人根本不適合當朋友
擺在身邊無法擁有
　　逃得太遠又會想念

成為大人

找不回當年那雙躲在鏡片後　微笑看你的眼睛
穿不回想念的深藍色百褶裙

你與面目全非的年少　繼續結伴同行
天黑了　就不會更黑了　再暗無天日的前路也必當走好
在吵雜的世界裡　只聽好自己的聲音

學會了　面對討厭的人要假裝喜歡
習慣了　有時要說謊　就算這樣有些噁心
就算這樣會讓人不想長大
見多了壞事就找出小小的好事去開心
雨天會傾聽你的憤恨不平　陽光裡不見得會找到答案

用盡心機去看世事　卻不用上心機去待人
最想要的往往天各一方　只求跟自己的夢想別來無恙

勇敢的人
請小心輕放

心碎了並不會天崩地裂　心動後更要經得起相處
愛過就是過了　放過自己讓下一次的幸福靠近
再愛一個人也不保證能好好在一起

差點為了討好所有人　討厭了自己
你很慶幸
在成為大人後　並沒有把自己弄丟

不
怕
疼

總有好奇的人　任意撕開他人的傷口
想看看結疤有多深
還會不會滲血

其實　那些傷口不需要他們提醒
受傷的人自己知道　哪些地方日日夜夜　隱隱在疼

過不去的冬夜　依然讓人感到冰冷
春暖花開更像是都市傳說
在沒有指向的遠方　迷路的人找不到　哪裡是歸途

勇敢的人
請小心輕放

不再愛了　是不覺得自己還能夠找到
有個人　能懂得　所有默不聲張的逞強
沒有人懂的堅強多麼　一文不值
為了要好起來的所有努力　都顯得多此一舉

如果我看起來不夠脆弱　你是不是就以為我不怕疼
如果我努力得不著痕跡　你是不是就以為我很容易

勇敢

做一個勇敢的人
在還沒有人愛你前先愛自己
愛錯了一個人　就　好好道別
有機會去愛　要放膽地愛

做一個勇敢的人
軟弱時　別錯怪自己　那是明日堅強的預習
堅強到太寂寞　就哭
上帝製造眼淚是為了　落下

在他還沒有來到時　先照顧好自己
在他還沒出現前　一個人開心過日子

勇敢的人
請小心輕放

然後　遇見他時
提醒他　謝謝你一直這麼勇敢

然後　遇見他時
才可以怪他　怎麼讓你一個人勇敢了這麼久

最大的幸福

你想像過長大後的幸福　像是搭上旋轉木馬
只有開心不斷重複
一圈又一圈
只等來　暈眩跟噁心

說過多少再見才算個大人
累計幾次心碎才算個大人
放棄哪些夢想才算個大人

這些疑問都沒解開
已經面不改色　揹上無數黑鍋　中過千百暗箭
繼續談笑風生
前一夜　哭到再晚　還是準時打卡上班
好聚不見得好散　不再是聽說

悲傷必須從簡　疲累也要顧及體面
點頭之交就算交情

最大的幸福只剩下
準時下班　休完年假　睡到自然醒

Chapter 01
誰比自己更應該討好

真
相

總是不來的人　是不肯為你抽空
永遠在忙的人　是你不值得他停下腳步
一直失約　是他不夠在乎你

這樣明明白白的道理　你卻非要抽絲剝繭
不能像柯南一樣光明磊落　大喊
真相只有一個

他根本就不喜歡你

他說　不想失去你這個朋友
而你原本就是個孤僻的人　根本不缺朋友
缺的是愛人

勇敢的人
請小心輕放

再說
有些人根本不適合當朋友
擺在身邊無法擁有　逃得太遠又會想念

跟幸福走散

膽小的人　總能找到不愛的理由
在兩個人的劇本　一個人編寫起傷心的結局
也許
人生　只剩下最後一次的幸福
當然　必須留著希望
不去談　這次可能　可以幸福起來的戀愛

不想失去最後一次可能
要把握好最後一次機會
所以　小心翼翼把幸福交給時間保管
相信待在原地傻傻地等　幸福自然會來
任由幸福的劇本　在時間的煎熬裡　灰飛煙滅

勇敢的人
請小心輕放

因為相信

才捨得不要他的溫暖　置身天寒地凍

才捨得讓自己　繼續跟幸福走散

歲月難為

離別時　我們勾了勾小指
約好了誰都不要變
忘了　歲月的沉重難以負荷

我們終究成為　說起謊也若無其事的大人
面對討厭的人能微笑
對喜歡的人都在抱怨

都說歲月不饒人　但　我們也不曾饒過歲月

希望歲月帶走傷痛
希望歲月帶來智慧
更
奢望歲月不要留下痕跡

勇敢的人
請小心輕放

拼命把日子過成了複雜　卻
又希望凡事簡單

長大就是
明白　抬頭不見得有藍天
大雨後的彩虹也不再如預期出現

在失望還來不及屍橫遍野前　懂得歲月給了些什麼

歲月留下
懂你的人　和　你

你還是你　只是終於弄懂了自己

蚊
子

最容易打死蚊子　當　停在白色牆面
最容易看清這個人　當　眾叛親離

一清二楚

勇敢的人
請小心輕放

懂事

在懂事之前沒想過悲傷　連悲傷的形狀都不曾細想
只准自己　快樂像晴天

懂事之後　在雨天學會了開心
不再羨慕他人的天晴

烏雲來襲時　痛快下雨
悲傷籠罩時　用力哭泣
被喊破喉嚨的積極樂觀　不符合你先天體質
在頹敗後　才有力氣　再前進

厭倦　總想著點亮別人的明天
在懂事後　學會先保全自己
只負責專心看照自己　掌心小小餘火

你選擇沉默站在人群中　就算沒人發現　你在堅強

chapter

2

決定當個夠壞的好人

既然不可能討所有人喜歡，不如乾脆
放掉希望被全部人喜歡。

夠壞的好人

當日子總在對別人將就，你的人生注定不會有自己的成就。

不管你想或不想、做對或做錯，甚至你可能什麼都沒做，
卻總會有人想傷害你。

當這樣的事一再發生，當一次次這樣被對待，我也曾經
像現在的你一樣，想當面質問對方：

「我到底做錯了什麼，你要這樣對我？」

但你有沒有想過，很多時候不是因為你做錯了什麼，而
是你做得太對了，所以他才想要傷害你。

你做事太有效率、鮮少出錯，顯得別人多笨拙、多無能。

你溫暖大方，身邊的人都想跟你當朋友，顯得他孤僻。

你以為理所當然該做的、該說的，在他看來都不該做不
該說。

簡單來說，你的存在讓他刺眼，你的言行讓他礙眼。

你以為自己格格不入，你以為都是自己的錯，後來才發

現你最大的錯就是比他來得優秀。

你等不了什麼他人的現世報，你不想再把吃虧當佔便宜。

在被傷害了太久、在吃虧了太多次之後，你決定要做個夠壞的好人。

夠壞的好人，說穿了只是個好惡分明，不掩飾喜怒、保護自己不分手段的人。

夠壞的好人，讓人不敢輕易招惹。

夠壞的好人，使壞是啟動自我保護。

夠壞的好人，有自己的原則賞罰分明，絕不傷及無辜。

你也不是一開始就能夠做到，起初總難免過於膽怯，對於自己可以壞到什麼樣的程度並沒有把握。

氣急敗壞地為自己爭辯是最粗淺的等級，卻也是提起勇氣後做到的第一步。

表達怒氣這樣的事情，其實也講天賦。

而你偏偏就是那種對生氣不拿手的人，或者應該說你對於吵架不拿手。

你沒辦法跟人吵架，沒辦法條理分明地說清楚讓你生氣的癥結點是什麼，當怒氣控制你的情緒時，旁人看來你就只是在生氣而已。

你開始試著壓抑憤怒，用緩慢低沉的語氣解釋自己，讓對方知道你生的是有道理的氣，而不是無理的謾罵。

雖然，衝突的場面大家都不樂見，但知道原因總比毫無道理被波及，來得讓人可以接受。

在這樣的過程，你更進一步讓自己做到了：「不遷怒」。

不遷怒的真正目的，不只是不傷及無辜。

不只是不讓怒氣傷害到旁人跟自己的交情。

真正該注意的，是別讓自己的情緒受到怒氣牽扯，做出不智的決定反而傷到自己。

接著你學著踩穩底線，攤開原則，標清楚地雷，不讓自己被打成「情緒化」這樣的標籤，你絕對不做自壞長城的事。

在真正做到之前，你還必須忍住想要去幫忙別人，總是搶著想要出手解決問題的毛病。

一開始拒絕當然很難，場面也免不了難堪。但因此而發怒的人，不是真的對你生氣，他氣的是自己居然操控不了你。

他氣的是一直逆來順受的你，從此不再任他使喚。

不主動幫助別人不代表不夠善良，人生有許多難題要獨自去面對，才能夠真正的學會。

旁人不出手救援處理，才是真正的幫助。

比起好心的教導，挫敗後的體認、自己觀察得到的領悟，更讓人深刻記得。

一旦認同、相信這個觀念，對於拒絕別人這件事你更加理直氣壯。

善良也許無法被輕易定義，但你可以決定讓自己善良卻不被欺負、善良卻有底線與原則，還能驕傲明示自己滿身地雷。

如果你總是在妥協，總是在替別人找藉口跟理由，你只會越來越退縮，真正開心的可能只會越來越低。

當日子總在對別人將就，你的人生注定不會有自己的成就。

不忍心拒絕別人不是善良，是你不想面對自己的懦弱，不想承認連自己的幸福都爭取不到、不想承認連自己都保護不了。

不想做的事就放膽拒絕，不要勉強去做。

不想再忍耐的事就別再退讓，相忍到底為了誰？

更別說，總有那種打著哀兵旗幟，期待著你幫忙解決問題的人，他吃定了你會心軟。

你或許心軟，但你也終於懂了對待有些人必當要心狠手辣。這種一天到晚巴著你舉手之勞的人，家裡煲湯少了鹽總不會去到超市拿了就走，怎麼對你總是予取予求呢？

就這樣，一步步地你變身成旁人看來說不上是壞，卻也不是能被輕易左右的濫好人，你成為了一個夠壞的好人。

吃苦不必當吃補

吃苦不必當吃補，你要學會自私一點、要懂得拒絕別人。

以為長大後自己人生會精彩到不行，長大後才發現自己
根本什麼都不行。

於是，你明白了現在不對自己狠心，將來這世界只會讓
你更力不從心，尤其是面對經常令人心力交瘁的職場。

一踏出家門就是江湖，進到了辦公室形形色色的人各有
各的性格與盤算，職場就是不能掉以輕心、步步為營的
江湖。

大多數上班族的最高生存指導原則都是：明哲保身。

正所謂「三不一安」：不強出頭、不搶功、不諉過，安
安分分做好自己分內之事。

管好自己該做的事準時上下班，跟同事之間不講交情只
論公平，界線劃得分明。

這樣的處事原則當然沒有錯，只是難免顯得沒人情味。

殊不知「沒人情味」才是職場該有的正當防衛，多少的笑裡藏刀都是偷偷埋在人情味下，人前稱兄道弟情同姊妹，人後出賣對方最無所謂。

看多了這樣詭詐的把戲，造就了你獨善其身，不輕易伸出援手的個性。

不輕易伸出援手的人算不上是自私，而是太清楚自己能力所及，一旦多做了別人應當承擔之事，反倒顯得自己多事。

不輕易伸出援手不代表就是壞人，不幫忙很多時候是另一種幫忙，讓他自己去面對該面對的問題。

更何況太多人總是藉機把分內之事，推託給願意幫忙的同事，而且根本不懂感激。

已經在職場打滾多年，你對這樣的鳥事很有防備，從前還天真以為不必計較，但經歷過太多的暗箭中傷、刻意栽贓中傷後，現在你的同理心不再輕易被消費。

人力短缺是許多公司現有的困境，但一時的人力短缺往往是略過了那些不想開口求援助的對象，那種看起來比較不好說話的人。

比方說像你，平常與人交際時底線劃得分明，需要幫手時，除非萬不得已不會有人考慮到你。

你不是不願意幫忙，是只選擇在刀口上出手。

除了怕好心反而惹了一身腥之外，也因為看懂熱心的人其實很享受被重度需要的感覺。不但自行消化工作量，接下別人的工作也不喊苦。

「你很能吃苦，是個好人。」

聽見有人被這樣形容時，除了覺得好笑，你心裡難免還會浮現一股煩躁。

一個人很能吃苦，難道就真的該讓他不停吃苦嗎？

能吃苦就是好人？要成為好人一定要能吃苦嗎？

我們能不能當個負責任但不必吃苦的人呢？

你是不是以為平時的熱心肯定幫自己累積了好人緣，哪天需要幫忙時旁人肯定不會吝嗇。

不是這樣的，必須很殘忍地說真的不是這樣的。熱心助人不等於需要幫忙時，也會有毫不遲疑伸向你的手。

大多數人還是自私的。

大多數的人在面對難題時，只會想到要保全自己。

自私的人只有自己最重要，慣性漠視別人的需要。

自私的人只計算得到的，不計較自己有沒有付出。

他們早習慣你的角色是超人，總會及時出現幫忙解決問題。

當你軟弱時，他們怎麼會願意披上披風，為你一飛沖天？
說不定還嫌棄你的軟弱，拖累了大家。

幫助人與被幫助人的角色很難互換，是因為幫助別人需
要熱情也需要勇氣，而習慣被幫助的人並不具備這樣的
人格特質，所以這樣的假設是注定要失敗的

吃苦不必當吃補，你要學會自私一點、要懂得拒絕別人。
更重要的是工作就只是工作，在支領薪水的上班時間內，
做完自己該做的分內之事就夠了。這樣就對得起公司，
對得起薪水，更對得起自己。

把工作留在公司，其餘的時候就過好自己的人生，否則
就是對不起自己的人生。

不要急著對自己落井下石

下了班就讓自己放下，真正的打卡下班，回到自己的人生，那才是你一輩子最重要的職業。

你當然明白職場難免遇到看自己不順眼的人，只是沒想到連根本沒接觸過的同事也可以補上一刀。
討厭一個人真的不需要任何理由，他甚至不需要真的認識你。
被一個不真正認識自己的人討厭，根本不需要在意。畢竟他的理由可以天馬行空任意編派，討厭一個他憑空想像的你。

但可怕的是，他爛嚼的舌根居然撼動了你在公司裡的地位，那些平常與你交好的同事，突然急忙跟你劃清界線。
原來所謂的交情，是交出你的真心他卻翻臉無情。
這些所謂的交情，經不起真正考驗轉眼就會喊停。
你在一夜之間被孤立，大家居然都相信了他口中的你，這段時間的相處全不算數了，他們決定從別人的嘴裡認識你。

那兩個時常破口對罵的同事，首次跨部門合作是聯手對你酸言酸語。

他們在你身後並肩大笑，嘲笑你的情緒失控，誇張模仿你被氣紅了眼眶的樣子。

看見這一幕的你，忍住作嘔的情緒跟眼眶中打轉的眼淚，默不作聲回到自己的座位。

你從那天起就被標籤成抗壓性過低，推諉工作的薪水小偷。

你沒有力氣為自己解釋，也認為不需要解釋，對於立場對立的人來說，你的解釋都是只掩飾，掩飾他們以為的心虛。

在職場這麼多年，再大的工作壓力你都承受得了，什麼大風大浪你也不放在眼裡，只是你不得不承認，真正逼得讓人想離職的原因往往是人際關係。

對你懷有成見的同事，不管你做了說了什麼，甚至什麼也沒多說沒多做，他都有意見。

在他心裡你早就被定罪，他只認同自己心中的是非。
你的善意或解釋他看來都很多餘，澄清機會也不給。
他不會因為你的說法而消除偏見，只好準備承受他找盡機會放射的暗箭。

他無法接受有些人就是比較懂得訣竅，可以輕鬆解決主管交辦的大小事。

因為自己跑不快，就以為別人也會慘敗。

因為自己辦不到，就覺得別人也一樣糟。

你當然覺得冤枉，他們口中的你並不是真正的你。

你必須明白，有人的地方就是江湖，職場更像是武林大會，就算你與世無爭也會有人想打敗你，奪下「天下第一」的名號。

太過顯眼的人容易被人討厭，因為你的成就讓人覺得刺眼。太過優秀的人容易樹敵，任何言行舉止都能找到理由打擊。

人性總是寧願帶著惡毒的眼光去批評別人，放任自己去揣測別人的一派輕鬆。

憑著自己狹小眼界所見的表象，去編寫他人的故事還不許別人質疑、自己堅信不移。

看著眼前被鬥得垂頭喪氣的你，我想起在《只想住在吉祥寺嗎？》這部日劇裡，有個女孩被上司欺負，離職後想找到一個新環境重新開始，但那時候的她對於之前的發生的事情還沒有釋懷。

滿懷心事的她，跟著房仲爬上了一棟建築物的頂樓，房仲要她找找看前公司在哪裡。

她不確定地指向某個遠方說：

「應該在那裡，但太小了什麼也看不見。」

「公司本來就是個小地方，根本不需要為了它感到受傷與痛苦。」

聽見房仲這樣說，女孩心中原本漲得滿滿的負能量，像是顆被戳破的氣球慢慢地變小、消失了。

公司就是這麼小的一個地方啊～

你的人生裡還有更重要的存在，家人朋友以及那個始終沒有放棄的夢想。

可以分享職場帶來的成就感，但不要帶回職場造成的負能量。

下了班就讓自己放下，真正的打卡下班，回到自己的人生，那才是你一輩子最重要的職業。

真正能夠羞辱你的只有自己，當你接受了別人眼中的你，那才會是你真正的問題。不把自己的情緒攪和進去，就不會跟著難受。

被誤解了、揹了黑鍋，當然會難過甚至也會憤怒。

難過一個晚上就好，淚水還有更重要的意義，憤怒只是便宜了敵人，對自己的困境根本一點幫助都沒有。

不要急著對自己落井下石，敵人急著扔向你的石頭還會少嗎？

尊重不是別人給的

待人處事如果太過忍氣吞聲，就只會被一再踐踏。

在職場多年要說學會了什麼本事，這幾年來，你新學會的技能是要「沉得住氣」。不是忍氣吞聲，而是沉得住氣。他人可能會把這樣的技能，解釋為職場心機的一部分。

心機這樣的事，我們都在一開始聽到就皺眉避之唯恐不及。心機這樣的事，從字面上看來，我們總以為是拿來設計別人、加害他人的心思。

其實，心機不光是負面的利刃，更具備有正面的力量。

真正厲害的心機，更要具備洞燭機先的能力。

洞燭機先最廣為人知的例子，是孔明的草船借箭。這樣的預知被傳為佳話，正因為他的預知心機不是害人而是保護自己。

洞燭機先是預先設想好，把自己置於不敗之地，可以有從容餘力去應付事情任何可能。更重要的是，因為預想了可能的發展，心理早做好準備，情緒就不會被牽動。

勇敢的人
請小心輕放

情緒一旦平靜無波，思路清晰更能顧全大局，輕易看清敵人的伎倆，進而玩弄敵人於股掌之間。

回想起自己年紀還小的時候，常因為看不順眼打混的上司、無理取鬧的同事憤而離職。

離職一時爽，更多是逞強。

你認為認真勤奮的自己，不該再被那樣的敗類搶功。你認為自己一肩扛起部門所有重責大任，你的離開他們必然驚慌失措。

離職後，你的認為通通沒有發生。

在職場打滾得夠久後，你慢慢就明白了，沒有人是不能被取代的。

你還悟出了一個道理：**當你身段夠柔軟，願意把自己的重要性放到最低，你反而會成為最不可取代。**

倘若，現在的職場所有的條件都讓你相當滿意，除了有個討厭的高層存在，你為什麼要因為一個討厭鬼失去這個工作？

也許離開後，眼不見為淨。

但留下來，總會有天放晴。

前兩天，就發生了一個很好的例子。

向來愛仗著階級壓制他人，被公司同事之間暱稱為「小公主」的小主管，接近中午時氣沖沖進到辦公室，沒頭沒腦對著管理部主管大吼大叫：

「那台紅色賓士是誰的！」

這位小公主年紀輕輕但因為家世顯赫，平常對所有資深主管都沒啥禮貌，更別提這位不上不下的管理部主管。

這主管平常也不是什麼好惹的人物，但遇上了小公主也只能陪著笑臉耐住怒氣，問她到底怎麼回事。

原來剛剛才來上班的小公主發現自己的停車位被別人停走了，而且還是一台紅色的賓士。

其實依照小公主的資歷，公司照理是不會配車位給她的。

但剛剛也解釋了，因為她家世顯赫後台夠硬，公司才硬是擠出了一個車位給她專用。

從此，這公司的車位就維持在一個看似平衡，但隨時可能失控的狀況下。只是沒想到今天的失控就栽在她本人頭上。

攀權附貴是辦公室這幾年突然興起的文化，向來不跟著起舞的你僥倖存活了下來，全因為早練就了不動聲色掌握風吹草動的本事。

她的氣急敗壞你盡收眼底，在一陣推敲後，管理部的主管來到了你面前，好聲好氣地問你，直屬的資深顧問今天是不是有進來。

勇敢的人
請小心輕放

你裝作一臉無辜，點了點頭，「是。」

「他是開紅色賓士嗎？」

你又乖巧的點了點頭。

在對話過程中，表面上不動聲色但你內心相當亢奮。

你早就等著他們找上來，也等著他們為了討好小公主，會不會不惜去得罪你的直屬大魔王。

這時，管理部主管又說了，「唉～他停到了她的車位。」

他誇張的一臉愁苦對著你，平時善解人意的你此時選擇裝作不懂，悶不吭聲。

「喔～」你刻意拉長了尾音，沉住氣等待著他的下一句話。

僵持了三秒不到的時間，他放棄了，轉身跟小公主研究另外的解決之道。

對於習慣以位階高低來霸凌他人的人，當然也最懼怕位階比他高的人。

「以其人之道還治其人之身」固然大快人心，但就這件事情的處理上，更慶幸的是你沉住了氣。

換做是年輕時的你，肯定會在他裝作一臉愁苦說出「停到了她的車位」時就引爆，忍不住大翻白眼，大聲反問：「所以呢」。

81

這口氣必須沉得住，這句話肯定不能由你說，他們正等著你給他們一個機會，把囂張、不合理的後續要求說出口——請他移車。

離開戰區後，你為自己的表現喝采，你亢奮到不行，覺得自己又往成功大人靠近了好大一步。

一時挫挫她的銳氣，只是要讓她知道，地球不是繞著她轉的，並不是所有的人都會依照她的喜惡而活。

會有多少效用，你不知道。

但你知道，待人處事如果太過忍氣吞聲，就只會被一再踐踏。

強壓著你低頭的那雙手，如果自己不想辦法柔性地避開或強硬地抵抗，那只會讓自己一輩子都抬不起頭來。

尊重不是別人給的，尊重是自己想方設法爭取來的。

勇敢的人
請小心輕放

被所有人喜歡不是太重要

既然不可能討所有人喜歡，不如乾脆放棄希望被全部人喜歡。

好不容易擠進通勤時間電梯的星期一早晨，前面嬌小女生頭頂兩根白髮一左一右調皮地對著你，火力全開熱舞起來。

「人生好難」你心裡突然浮現了這四個字。

不知道從什麼時候開始，在面對無可奈何的狀態時，我們習慣說出：「人生好難」。

那是一句沒有多大作用的安慰，除了自嘲對現況的無能為力，也常被當作是給自己暫時的喘息，要我們放過當時給不出答案的自己。

工作這麼多年了，你覺得自己已經不那麼勇敢了，沒有辦法再像當年剛剛北上闖蕩時那麼奮不顧身。那時候的你身無長物也就不害怕失去，你有的只是一股腦的拼勁，為了工作什麼都可以不要。

凡事正面迎擊從來不耍手段心機，合則來不合則去，每次離職的理由背後都有個相似的原因：看不下去。

看不下去什麼？

看不下去整天只出一張嘴的主管，靠著逢迎拍馬總能得到天下。

看不下去整天打混的主管渾渾噩噩度日，自己卻必須聽命於他。.

現在的你還是無法跟討厭的傢伙共事，只是你學會了如何避開那樣的人。

他的存在是你避無可避的現實，你可以不必喜歡他也可以不必跟他有私交，但你必須讓自己可以好好跟他相安無事共處。

你要試著放掉自己的情緒不帶入一絲絲的喜怒哀樂，讓工作合作僅止於一天生活裡的那幾個小時。

不要讓他的使壞帶壞你的情緒，不要讓他的難搞為難你的生活。

這樣的人可以在每一個不同的職場生存下來，其實最懂得察言觀色。當你對他客氣而疏遠，他自然會知道你對他的觀感，知道你能不能多加利用。

保持距離，是保護自己最好的方式。

保持距離，會讓他不敢輕易招惹你。

勇敢的人
請小心輕放

在江湖闖蕩的這些年也很常遇到另一種人，那種想盡辦法要佔便宜的人。

這樣的人在一開始出現的時候，總是用弱者包裝自己。

他們總以為自己不過隨口問一句，只是要你幫個小忙，你不應該計較那麼多。

他們把被害者情緒放到最大，你不幫這個忙就是見死不救，你不幫這個忙就是不夠朋友。

因為擅長想點子寫文案，你常被當做文案點子自動販賣機。但根本沒人投幣，怎麼可以理所當然期待會有東西掉出來？

在電影《黑暗騎士 The Dark Knight》中，小丑有一句經典台詞是：

If you're good at something, never do it for free。

如果你很擅長某件事，千萬別免費去做。

你在被以友情之名勒索過太多次後，深深懂了這句話的真正用意。

免費做自己擅長的事是幫別人踐踏自己，讓自己的專長變得廉價。

免費做自己擅長的事會提前耗盡熱情，無法繼續懷疑是自己太差。

職場上難免會碰到一些牛鬼蛇神，如何讓這些人的言行舉止不要影響到自己，是個困難的學習過程。

但這世界每個人的個性都大不相同，**既然不可能討所有人喜歡，不如乾脆放棄希望被全部人喜歡。**

一開始就不期待會被喜歡，日後當有人主動釋出善意才會顯得難得、才會懂得要珍惜。

被別人討厭之所以這麼難以接受，是因為原來在別人眼中的自己，有連自己也不認得的陌生的那一面。原來自己不光是自以為的善良、不計較，還有情緒化、沒耐心那樣連自己都嫌惡的樣貌。

而那些不管是正面或負面的性格，其實都是你自己，你最該瞭解、最該擁抱的自己。

既然無法左右別人的喜歡，不如好好試著搞懂自己、讓自己喜歡上自己，這還比較容易做到。

人不要臉果真天下無敵嗎？

你的不好意思縱容了他的囂張，你的不好意思導致了他的得逞。
分明沒有做錯任何事的你，只是因為懂得體諒卻成了罪人。

在江湖這麼久了，你原本以為什麼妖魔鬼怪都見過了，
卻接連幾天在不同場合見到了「人不要臉天下無敵」的
高手。

你是個直來直往的人，雖然直率卻也練就了看懂別人手
段的本領。

與人談合作都先把底線亮得一清二楚，該怎麼辦就怎麼
辦，你不玩討價還價那一套。

太多重要的事情等待處理，你真的不想拘泥在這些小節。

偏偏，這兩天遇到的客戶就不停試探著你的底線，企圖
多佔到一些便宜。

你很坦白告訴他，你的權限就只能做到這樣，他要求的
更大讓步是辦不到的。

這個窗口已經有兩三年資歷，照理說，講得這麼坦白他
不可能無法理解。

被你拒絕的隔天，他又突然提出另一個截然不同的要求，
不但沒有拉高預算又逼近一步一心要砍到你見血。
正在停車場準備取車的你，看著他傳來的訊息短短三分
鐘不到，情緒從生氣到突然發出冷笑。
你瞬間看懂了他的手法，這個人根本就在厚著臉皮裝傻。
你忍不住搖了搖頭，對於只能使出這樣粗淺的招數的他，
感到深深悲哀。

「吼，跟她講過很多次了，不可以這樣呀～怎麼講都講
不聽呀～只圖自己方便不管別人死活嘛～」
管理員邊抱怨著邊打著內線電話，試圖要聯絡誰。
你被眼前正在發生的事勾起了好奇心，跟著停下了腳步。
這時，一位穿著光鮮亮麗的女人踩著高跟鞋，聲勢驚人
走進停車場。
「蕭小姐，我跟妳講過很多次了，妳的停車位只租到 12
點，只有上半天，妳不能每次都停超過 12 點呀～妳看看
現在都幾點了！」
你看了一下手機上的時間，已經下午四點。
「妳要不要改成租整天的車位啦～妳這樣我很難做事
耶～」
女人發出嬌滴滴的聲音，很明顯想藉由撒嬌把事情擺平。
「北北～人家沒有常常這樣啦～人家有時候一忙起來就

勇敢的人
請小心輕放

忘記了，而且反正還有別的空位嘛～下次一定記得～」

她隨口敷衍兩句正想逃離現場，卻被攔了下來。

「什麼不會常常這樣，妳一個月有半個月的時間都這樣！」

管理員完全不吃她那一套，毫不客氣大吼。

「不管了，我把妳的停車位改成租整天的，明天就開始扣款。今天的停車費妳也一起繳一繳。」

她當然知道自己這樣子的行為不對，但還是厚著臉皮裝傻。他們都是故意的，只是想試試看自己可以僥倖到什麼程度。

這是個價值觀錯亂的年代，這樣的人當然知道自己言行不合理，只是人生總有說不定。

說不定，你會受不了他的糾纏一再退讓。

說不定，他裝得夠傻你會相信他不是故意的。

為什麼這樣心存僥倖的人，總是可以得逞？

因為食髓知味，第一次這樣做的時候沒有被糾正，嘗到了甜頭就覺得這樣做是被默許的。

很多人都懷著這樣僥倖的心態過日子，他不是不明白底線，他當然很清楚自己的言行有多離譜。

但他在賭，賭你會不好意思說破。

你的不好意思縱容了他的囂張，你的不好意思導致了他的得逞。

分明沒有做錯任何事的你，只是因為懂得體諒卻成了罪人。他繼續僥倖度日，還得意洋洋仗著厚臉皮橫行無阻。縱容他的僥倖，只會造成你的不幸。

我明白你擔心破壞關係、不想撕破臉，但至少可以把他造成的困擾說出口。

就算已經造成困擾也要說出來，讓他去面對自己到底做了什麼。

實際上，說破的尷尬跟他不痛不癢的想像肯定有落差，你總要讓他痛一次，嚐嚐那樣的滋味。

就像停車場管理員的處理方式，把事情說開、拉出底線，解決問題。

我們當然明白每個人都有自己的難處，也許那樣的言行自有他的不得已。

只是，誰的人生沒有不得已，再怎樣不得已也該用正當的方式去處理，而不是靠僥倖得逞來搞定。

真辛苦還是愛訴苦

沒有誰的職場比誰的還要好過，就算是你的敵人也會因為你日子得意而覺得難過，那些在你看來過得很好的大多也只是演得好，不輕易展現自己現況多糟糕。

你肯定遇過這樣的人，一天到晚在社交媒體上哭天搶地訴說自己多辛苦。大多數是直接抱怨自己工作量有多大，簡直累到要爆炸。

有點小心機的則會用一些比較迂迴的方式表達，天天 PO 出宵夜文，像是：

忙到半夜十二點一回到家，熱騰騰的宵夜擺在桌上，家人的愛是最大支持的力量。

說實在的，這年頭沒有工作不辛苦，這樣展現無非是出於幾個原因：

1. 真的苦，苦到一定要發洩，不然真的快受不了。

如果是真的苦，就該趁早離職找個辛苦程度可以接受的工作。有力氣哭訴只代表你對這個工作還有眷戀，捨不得離開。

2. 擔心自己太閒卻被發現。

我見過很多這樣的人，手邊其實沒什麼工作，每天過得逍遙自在，卻又擔心會被發現。難得有事落到頭上恨不得全世界都知道他很忙，才代表自己很重要，拼命大聲嚷嚷以穩固自己在公司的地位。

即使是這樣費心演出了，明眼人不會輕易被哄騙，裁員時毫不意外還是名列其中。

3. 想要被崇拜。

在他的認知裡，忙碌代表重要性，代表有能力，希望表現出這種形象的自己會被別人崇拜。只是，真正有能力的人會找到最佳執行方法，讓自己即使忙碌依舊遊刃有餘。

真正辛苦的人最不喜歡喊苦，不會願意輕易示弱再苦都不認。

真正辛苦的人不是忍氣吞聲不說，是不想浪費力氣無病呻吟。

真正辛苦的人沒有時間抱怨，為了增加效能早忙到奮不顧身。

沒有誰的職場比誰的還要好過，就算是你的敵人也會因為你日子得意而覺得難過，那些在你看來過得很好的大多也只是演得好，不輕易展現自己現況多糟糕。

勇敢的人
請小心輕放

職場上沒有人必須負責消化你的情緒，再忙碌都要自己搞定。

周遭多的是等著你示弱要補上一刀的人，沒有人真正在意你的工作心態，最重要的是你要用什麼樣的氣勢撐起自己。

你要用不服輸的氣場撐住自己，就算當時的你早就背著許多黑鍋，插上無數暗箭，還是要一派從容應付來自四面八方的刁難。

既然訴苦沒有太大的用處，為什麼大多數的人都還是樂此不疲？

就像阿德勒所說的：

有些人會想要藉由自己的不幸，變得特別；把不幸當成武器，想要支配別人。

大多數的人都同情弱者，他們以為製造這樣的形象，可以趁機達到一些目的。

當朋友訴苦時我們難免覺得不忍心，大多都會想安慰對方。

但是當你發現他每次說的內容都一樣，甚至你提出改善的建議他都說做不到，或者斷然拒絕改變，指責你不懂他人的苦。

久而久之就會對他的訴苦無法產生同理，最後甚至會對這個朋友敬而遠之。

到最後還發現這些訴的苦他沒有改善，甚至抱怨也只是隨口說說。

負面看待自己的人生，老是把自己說得很悲慘、毫無轉機，只是一種習慣，他並不是真心這樣想的。

你最終會發現對於這樣愛訴苦的朋友，你可以做到的最大幫忙就是遠離他的人生，不讓他影響到自己。

勇敢的人
請小心輕放

成為自己的不可取代

原來這就是長大的必經過程，落不下的眼淚最是悲痛莫名，哭不出的傷心越發震耳欲聾。

就算老老實實、安安靜靜待著不希望被注意，還是很容易成為攻擊目標，關於這一點你始終找不到解釋。

也許因為你看起來總是無所畏懼，一副天塌下來又怎樣，大不了你來扛。

去到一個新的環境，龍蛇雜處，每個人都藏著晦暗的心思，笑裡究竟有沒有藏把刀很難一眼看穿。

你最近被挖角到新公司，像你這種空降的主管職，免不了要面對一些手法粗糙的為難。你總是面不改色地接下，不疾不徐地破解任務。

這樣的悠哉看在哪些等著你出醜的人眼裡，更加不是滋味。

職場浮沉多年，你見多了那些總想著要顯顯威風、挫挫別人銳氣的傢伙，不是他們刻意擺陣的為難不夠難，而是不輕易認輸已經是你骨子裡的習慣。

你依然可以對著他們談笑風生，誰也看不出來檯面下早交戰了幾回險象環生。

你也想需要依靠時有個誰能即時出場，你也不想總是那麼事事逞強。

因為試過了求救，卻只接到冷漠的眼神。

因為曾經開了口，卻被丟在人海裡浮沉。

也想過要找誰，卻被嘲笑自己太過天真。

你從徹底絕望被逼成倔強，就算磨到一身是傷，在人面前你依舊一付不痛不癢。不曾現出疲累模樣，讓人以為即使經歷這些不堪，你依舊毫髮無傷。

他們難免會猜想，想像中你的人設是毫無意外地張狂。

你自有一套偽裝，不管在他們看來是怒目相視的囂張，或任人說嘴的落落大方。

這些年你越來越清楚，歲月帶來的考驗磨出了一個什麼樣的自己。

那個滿懷熱情橫衝直撞的年輕人、那個為了達成組織目標肝腦塗地的年輕人，一去不回了。

你終於明白要把自己當成人生的主角，終於學會不輕易交出自己的時間，更不要讓別人的閒話主宰自己的情緒。

你在年紀還太小的時候，就學會了看大人的臉色。

勇敢的人
請小心輕放

被迫長大的孩子天生缺乏安全感，記憶中的自己總在擔心是不是哪裡又做錯，會不會該你的又被拿走一件都不留。

以前的你忌諱讓人知道那樣流著淚的過往，以為柔弱不能被原諒，強悍才是自己唯一該去的方向。

有那麼一段長長的日子裡，你總是刻意武裝自己，以為不讓別人靠近自己就沒有機會受傷。

你離開了家，一個人想盡辦法把日子過下去。

那些不肯說出口的傷、那些以為忍得住的痛，刻意漠視放任它越積越多。

多少個不成眠的夜，就那樣瞪著天花板過了。

多少次無聲的痛哭，關在一個人的房間過了。

原來這就是長大的必經過程，落不下的眼淚最是悲痛莫名，哭不出的傷心越發震耳欲聾。

你在經歷疼痛的過程中邊學習面對自己，學習跟自己相處，全心感受自己當下每一道情緒。**你試著接受自己不是萬能，不必忙著解決所有人的麻煩，接受自己不是超人，不是拯救世界的唯一人選。**

老老實實面對自己，面對自己有所不足，讓你放開了心、解開心鎖接受自己最原本的樣子。

成為一個真正的大人是不擔心最初的自己被弄髒，想染指你的醜陋現實這麼多年來都徒勞無功。

成為一個真正的大人會懂得放輕鬆過日子，一眼看清那些詭詐越是從容不迫越是不易攻破。

以前總是害怕失去，迎面而來的全都要一把抓住，也不管是不是對的。

現在的你懂得了選擇，不害怕拒絕。

你選擇得心安理得、拒絕得毫不愧疚並且得心應手。

你不再擔心做了選擇會失去，學會拒絕後得到更多。

懂得選擇的你不再只顧及別人而忽視自己。

懂得拒絕的你不再為了成全別人委屈自己。

那些想利用你的是人情不是友情，真正的朋友不是靠利益交換，靠的是真心不換。

你為自己清空了負面情緒，贏得了應有的尊重與人生高度，不再擔心不被誰在乎。

正因為過去經歷了那些脆弱，才活出了你今日這樣的堅強，成為了自己不可取代的依靠。

勇敢的人
請小心輕放

職場厚黑學

在職場裡本來就不應該把同事當作朋友，能交到朋友是運氣，想當成朋友是傻氣，只能當同事是天經地義不必垂頭喪氣。

辦公室是個光怪陸離的地方，以為可以信任的人卻最可能捅你好幾刀，更有些明目張膽的騙局，礙於當下的局勢，也往往不得不活生生往肚裡吞。

你跟他分別是不同部門的統籌，企劃部與業務部是兩個最該合作無間的部門，怎麼樣也沒想到居然對他也需要提防。

事情發生在前兩天的跨部門會議上，你們有了一番爭執。後來同事之間耳語那是一場精彩的交戰，針對一個新接洽的客戶，你們爭辯著該如何執行客戶的需求，兩人各自有理都覺得對方說不清。

短兵交接過後沒幾天你主動打破僵局，總不能讓一個案子就此打住。

去到他的辦公室打算這個下午就把這個矛盾搞定。

討論不到十分鐘再次卡關，你有必須堅持的品質，他也有堅定討好客戶的信念。

為了解決問題，你選擇投出一記直球：

「這是個重要的大客戶嗎？公司獲利空間有多少？」

你的想法很簡單，只要對公司有利，你願意吞下自己的原則。

他沒有開口，比出了二的手勢。

「二十萬？」

他點了點頭，算是回答了你。

他不知道的是，在他點頭的那時候你就明白那是一個謊言。

你早從業務部其他同事口中知道，這是個總結下來不會有利潤的 Case。

你不是不懂他的盤算，每個案子的成敗或多或少都影響著他將來的升遷。更重要的是他的實戰成績一定要贏過你，這才是他最在意的。

他跟你爭的是地位，在公司的地位。

對內，他必須能呼風喚雨；對外，客戶的要求不管合不合理，只要他出面都得搞定。只有這兩方面都兼顧了，才顯得他是個成功的業務領導。

後來，你讓他搞定了這件事，不是因為認輸才決定退讓。你看清了他的欺騙，卻沒有當面翻臉拆穿，是因為你很清楚這種表面上個人的勝負有什麼重要，對你這樣一個乖乖領薪水的上班族來說，只要最後的結果對公司有利，你都必須忍氣吞聲，這一點是你早已看破的辦公室生存守則。

你在明知道他說謊卻還選擇了不揭穿的時候，就學會了這道課題──
「有捨才有得」。
有捨才有得，你捨棄了行事原則還有把他當朋友的心情，換得了公司的最大利益。所謂的利益並不只是眼前這次合作案的利潤而已，而是跟客戶建立了關係，有利於往後更多的合作機會。
他的目的達成了卻也失去你的信任，從此以後，你都會記得他是個不值得信任的人，也會知道應該要跟這樣的人保持距離，說話有所保留。
你在心中默記他一筆，也讓自己又多長大了一點，明白在大人的世界裡，把人做好比把事做好來得重要。
在職場裡本來就不應該把同事當作朋友，能交到朋友是運氣，想當成朋友是傻氣，只能當同事是天經地義不必垂頭喪氣。

在職場這些年，不停被塗改原本堅定不移的價值觀。

以前的你以為那是無止盡剝奪的過程，早已一無所有的自己還有什麼可以失去。

如今再光怪陸離的現象都恫嚇不了你，以為被奪走的、足以抵抗現實的力氣，又一步步回到自己身上。

忍耐了一件很糟糕的事，不光只是要你委曲求全，更不是要磨練自己的硬脾氣、增加耐力。凡事都逼著自己忍耐，日子久了容易把傷害視為平常，這是種可怕的習慣，你會變成毫無條件退讓的人，也輕易放棄可以反擊、保護自己的機會。

看破卻不說破，看清卻不翻臉，很多時候是因為你太明白接下來還要遇到太多類似的詐術。

辦公室裡的詐術又何止這一件，睜眼說瞎話的人太多，你要嘛看破，要嘛發作。

發作也許一時暢快，但對於事情的解決大多不會有任何幫助。

看破遠比發作來得輕鬆自在，更減少了工作帶來的負面情緒而影響人生該有的快樂。

工作本來就只是人生的一部分，何苦為了它終日眉頭深鎖。

跟所有為難奉陪到底

你的堅強是為了更好的明天努力，
為了成為更喜歡的自己奉陪到底。

都說人在江湖飄，哪能不挨刀。

這不是你第一次遇到挫折，卻是你第一次突然被客戶無
故中止合約。

後來輾轉得知，被終止合作關係的理由很荒謬，牽扯到
的是客戶與別人的私人恩怨，你是間接關係人卻被懲罰。
這整件事你犯的最大錯誤就是認識了你的朋友──跟客戶
有過節的那位直接關係人。

如果是早幾年剛創業時的你，肯定是吞不下這一口氣的。
你可以想見年少氣盛的自己，會衝到客戶辦公室把合約
扔在他臉上槓到底。

現在的你不會這樣做了，你冷靜了一天後，主動去到客
戶的辦公室。這客戶也許是心虛，在沒有預約的情況下
還是跟你碰了面，他雖然願意見你卻一臉戒備。

「你是來送存證信函的嗎？」

他自以為幽默說這句話能打破沉默，卻讓氣氛更加尷尬。

你淺淺地笑了笑，很平靜地說：

「我是來給你一個挽回錯誤的機會。」

他挑了挑眉，不可置信地看著你，好像你是早就絕種的恐龍不應該出現在他面前。

你接著又說：

「你們的專案一個半月後就要推出，在這麼短的時間內，你很難再找到一個像我這麼熟悉這個專案的人來接手。就算勉強接了下來，做的也不會好，不可能達到你想要的標準。」

他沒有接話也沒有看你，眼神望向前方陷入了沉思。

「我願意再回來跟你們公司合作，沒有任何附加條件。」

他終於把眼神收回來看著你，過了好一會兒才終於開口：

「你為什麼要這樣做？」

「我的公司需要這個 Case，而且我對自己的規劃有信心，不想看著這個專案因為你一口吞不下的氣給毀了。」

他突然大笑了。

「我喜歡你的坦白，但是我沒有辦法毫無理由又突然推翻自己的決定。」

你很篤定地看著他，笑著說：

勇敢的人
請小心輕放

「你不是毫無理由，我人不是來了嗎？我就是你的理由。」

「什麼意思？」他一臉疑惑。

「你可以對外聲稱我今天是來求你的，你因為心軟而答應了我的哀求，或者其他更誇張的說法，我都可以接受。」

他瞠目結舌，乖乖接過你遞來新的合約書，再也沒有第二個決定。

成熟的大人面對不合理的刁難時，不是想辦法拼個你死我活，反而應該找出一條活路讓大家可以繼續走下去。

翻桌走人當然很帥，但情緒不能改變事實，再生氣往往也於事無補。

當情緒主宰了你，就代表你輸給了敵人。

惹事的人最終目的正是要你失控、要你鬧事，你的表現不能正中他下懷。

每一次的挫敗、不順心，都是不受歡迎的考驗，卻最可以激發潛能，讓你在闖關的過程裡藉由嘗試，摸索出更多生存技巧。

你的堅強是為了更好的明天努力，為了成為更喜歡的自己奉陪到底。

你並不覺得這一次的退讓是打擊，這是又一次生存法則的學習。

以前的你討厭算計，總以為光明磊落才對得起自己，現在開始慢慢懂了，心機是個好東西。
心機對你來說，不是費心設局讓誰一潰不起。
心機讓你保護自己、也保護自己珍惜的一切。

別人怎麼評論你，不關你的事，你怎麼看待自己才是一輩子最重要的事。

勇敢的人
請小心輕放

善良不該是唯一選擇

當別人不懷好意衝著你來,為什麼要隱忍?
不要害怕得罪別人,他們來惹火你時也從來沒怕過。

我們從小就聽了很多故事,企圖教會我們禮讓。

「孔融讓梨」是最耳熟能詳的一個,只是孔融在四歲那年讓梨之後,還有一件驚人之舉。

他十歲時去到洛陽拜會當時的朝廷大官李膺,門房看著這個十歲的小孩,怎麼都不肯幫忙通報。

孔融神色自若地告知與李膺是世交,那樣從容的態度騙過了門房,領他進了大門。

當時李膺正設宴款待滿座的賓客,看見一個孩子進到家門來,好奇問他:

「我們何以見得是世交呢?」

孔融說:

「我孔融是孔子的後人,而你李膺是老子李耳的後人。相傳孔子曾問道於老子,這樣說來我們當然是世交。」

李膺一聽暗自佩服,大讚他年少聰明。

當時在座有位賓客叫陳韙，一開口卻盡是酸言酸語：
「小時了了，大未必佳！」
孔融氣定神閒，當場回敬：
「想君小時，必當了了」

後人解讀說是從小被要求禮讓而扭曲了他的人格發展，
讓他小小年紀就如此尖酸刻薄，也導致他恃才傲物而發
表後來被認定為不孝的言論，加上屢次直言進諫導致曹
操不滿最終被滿門抄斬。
他們說是個性造就命運，講得好像他個性不好似的。
我倒覺得當別人不懷好意衝著你來，為什麼要隱忍？
不要害怕得罪別人，他們來惹火你時也從來沒怕過。
好好過著自己的日子，不主動去招惹其他人並不能保證
你無憂無慮一輩子，總有人會見不得你好。
見不得你好的人自然有辦法編派各式各樣的說法，去醜
化你的人格。
不管是與他會面時，你的態度很冷漠不夠友善，或交接
資料時，你故意漏了重要的客戶沒有 Pass。
那些你分明沒做過且通通是他犯的錯，他都可以睜眼說
瞎話，推得一乾二淨。
這樣的情況一發生，我們總是告訴自己要忍耐，要以和
為貴不要隨便得罪人。

勇敢的人
請小心輕放

不主動得罪人，難道這些人就不會任意栽贓怪罪你嗎？

這些在鬼門沒開時就四處亂竄的白目鬼，太多都看不懂臉色還喜歡亂攀關係。

更過份的是在犯了錯被客戶或長官教訓過後，他們會淚眼汪汪的說，自己只是沒經驗，不是故意的。

沒經驗跟沒腦子是兩回事，他們似乎不是很明白這個道理。

我身邊總有著這樣的朋友老是被人佔便宜，氣不過了想幫他出頭，還會拉著我說：「算了，他的日子也不好過。」

這種沒辦法拒絕別人的人，不但說不出拒絕還會替對方找盡藉口跟理由。

他的善良讓身旁的人幫忙拒絕，都像是在多管閒事。

像這樣個性善良的人，不得不說也往往是團體中最常被利用的對象。

總是要等到終於忍不住拒絕卻被說太自私的那一天，才會真正覺醒。

自己以為的好意、主動幫助別人伸出援手，在他人看來都是理所當然的。

你不能夠有自己的時間、自己的情緒、自己的需要，甚至自己真正該做想做的事。曾經熱心的投注這麼多幫忙，一旦想要抽身，那就是自私。

拒絕是因為自私，沒有把他們的事當作最重要的事，居然把自己的需要擺在他們想要之前。

善良不該是唯一選擇，懂事退讓往往只會讓對方更加囂張。學會反擊是保護自己最有效的方式，畢竟沒有人可以 24 小時貼身注意，有沒有要來惹事生非或是佔便宜的人企圖接近。
反擊不是動用暴力傷人或使用語言情緒勒索，反擊最重要的是要有不畏懼的姿態，保護自己的心態。

不必害怕他人對你自私的指控或是被貼上難搞的標籤，那是保護自己的最佳成果，也是你能為自己做到的最大努力。

chapter

3

把遺憾都寫成我們

「我們」首先必須是兩個獨立的「我」
組成的。如果總是要求對方成為我們,
卻忽視、抹煞他原本的「我」,不論
是誰都會想走。

屬於妳的愛情在找妳的路上

妳慢慢理解了背棄的原因，原諒了情感的多變，也跟年少時被傷到體無完膚的自己握手和解，不再百般檢討以為錯的都是自己。

傷筋動骨一百天，這句話原來是真的。

意思是說，如果不小心扭傷了或是骨頭受了傷，至少要休息一百天才會慢慢好起來。妳在某個平常日，一個再尋常不過的動作裡，因為疼痛想起了自己一年前在巴黎扭傷了左手食指。

那一天妳從南法搭乘 TGV 要進巴黎，拉著一中一小的行李，在錯綜複雜的巴黎地鐵上上下下。感覺自己像迷茫的倉鼠被豢養在很大很大的迷宮裡，漫無目的鑽來鑽去。因為擔心同伴走錯路，妳緊緊跟在她身後不時出聲提醒，還要邊抬頭張望車站裡眾多的指標。

當你們正要離開一段長長的平面電扶梯時，前方的同伴遲疑地停下疲憊的腳步，才又往前行進。這一切發生的太突然，妳跟得太緊加上原先行動的速度被打斷，身體根本來不及應變，整個人失去了平衡。

勇敢的人
請小心輕放

情急之下妳還是直覺地應變，先把右手的行李勉強奮力一蹬，讓它順利向前移動。

但左手的行李箱卻沉到拖不動，被它拖住的妳眼看就要跌倒。

這時，後面一位陌生的西方男子，一個箭步趕上來用力幫妳把行李箱往前一拉，還扶住妳恢復平衡踏上安穩的地面。

妳點了點頭跟他道謝，好心男子回了個微笑後，就匆匆消失在人群中。

兩週後回到台北時妳才發現，就在那一瞬間扭傷了左手食指。

直到今天，一年過去了，那個傷都還沒好。

這兩天又不知道為什麼扭傷了左手腕，隱隱作痛之際才想起這個舊傷形成的過程。

妳這被魔鬼親吻的左手，不知道何時上帝願意垂憐讓它安好無恙。

身體也許會忘記疼痛的部位，但心不會，心會記得曾經如何被打碎。

妳平常記性不好，唯獨在心碎這事上挺認真記得。

妳記得專心無猜的自己，是如何把心交了出來卻被重重摔在地上。

妳記得他的所有表情欣喜的羞赧的心疼的不耐的，每款都不一樣。

妳也記得她的那些心情羨慕的嫉妒的看不慣的，她想要跟妳一樣。

毫不意外妳是最後一個發現他們背著妳好了，那天空氣特別冰涼。

一直到了今天，妳還是很難界定他們兩個到底是不是壞人。只聽說這兩個背叛了妳信任的人，沒有走到最後。

妳的驚訝大過了憤怒，曾經不惜背叛了愛情、友情的這段感情，居然撐不到兩年就分道揚鑣。

是不是新鮮感戰勝不了罪惡感？是不是奪取比擁有來得有趣？

妳心裡有太多問號，卻已經不期待揭曉。

妳以前覺得愛一個人的力量可以克服所有的難題，長大了之後卻明白了每個人都各有各的難處。

他不能在愛情裡信守承諾除了自身的問題外，妳跟他的相處肯定也有問題。

她不惜毀壞友情也要得到的愛情如此不堪一擊，後來的人生過得無聲無息。

欺騙很傷人，但他們對妳的好、那些快樂的曾經也都是真的，只是往後大家天各一方各自珍重就夠了，不必再相互打擾。

誰的人生不是邊摸索著、邊出錯，出錯了之後，在下一次的嘗試時，努力別再犯同樣的錯。

沒有人能夠逃得過歲月，只是到了後來再回首看望時，那場青春已經成了回不去的遠方。

你們誰也沒有從這場賽局勝出，年少時那樣深刻的愛恨嗔癡，到了現在只變成對方心中一個逐漸模糊的名字。

沒有誰輸誰贏，你們只是各自生命中一個必然要發生的考驗。

妳慢慢理解了背棄的原因，原諒了情感的多變，也跟年少時被傷到體無完膚的自己握手和解，不再百般檢討以為錯的都是自己。

人生在世至少得經歷過一次心碎，那樣巨大的破壞可以完整地打碎妳，讓妳再慢慢拼回來，不管要花上多少時間。

一個人心碎過後會明白人世間的苦難不過如此，並不足以把你打倒。

一個人心碎過後會變得堅強，就算傷口還流著血還隱隱作痛也不逃。

一個人心碎過後會對自己變得溫柔，會強力應援自己決不輕易動搖。

一個人心碎過後會看淡許多，看懂了這世上有誰比自己更應該討好。

就算，今天的妳還沒有拼起來，依舊放任自己碎落一地。

就算，這樣子的妳還沒有好起來，卻也小心翼翼不把別人刺傷。

妳知道賴著不好起來的自己太過任性，只是，就連傷筋動骨那樣的小傷都要花上一百天療癒了，妳可是連心都碎了，當然得多要些時間，不算過份吧？

妳在不敢去愛的日子裡，學著讓自己慢慢再相信愛情。

人們總說，事物會自己找主人。

妳常聽朋友說家裡的貓是自己找上門來的，喜歡的物件也是在莫名其妙的吸引力下撞見的，因此，妳也相信屬於妳的愛情也在找妳的路上。

就算現在的妳還在慢慢的好起來，就算現在的妳還在一片片把自己拼起來，但妳相信那在路上的愛情，會在妳好起來的時候找到妳。

不早不晚，就在妳好起來的那一天，已經超過一百天的那一天。

勇敢的人
請小心輕放

三十歲的妳應該要談的戀愛

就要三十歲的我們怕的是，人生已經過了一大半了還來得及變好嗎？就要三十歲的我們怕的是，年紀大了青春魅力不再還可能會幸福嗎？

就要三十歲，妳沒想過這一天這麼快就到了。

分明還在擔心，隔壁班的男生會不會喜歡自己新剪的短髮造型。

不是還在考慮著，到底要轉系還是死守本科系，每天苦苦掙扎。

幾天前還在想，領到第一筆薪水要飛哪個國家，得好好計畫。

這些大大小小現在看來無關緊要的煩惱，都像是昨天才發生，但其實早就離妳好遠好遠，妳就要三十歲了。

三十歲了，還沒交出像樣的成績，心慌到像是對不起全世界。

三十歲了，妳怕的不是老去，怕的是下半生的幸福還沒有人選。

妳擔心還沒有真的幸福就三十歲的自己，一切是不是都已經來不及？

對女人來說，三十歲是繼十八歲之後的下一個重大的人生關卡。

只是，跟歡欣鼓舞、值得慶賀的十八歲不同，三十歲這個關卡設定了驚天動地的警報系統，一旦過了二十五，系統便先用溫柔的滴答、滴答聲提醒妳。

當事人如果繼續漠視不採取任何行動，當三十歲來到的那天，就會被漫天作響的刺耳鳴笛嚇醒，並且持續糾纏好一陣子。

這陣子妳真的很常做噩夢，夢見身後看不見臉孔的某人追趕著自己，或是突然掉進密合的山谷夾縫動彈不得。

妳覺得好笑，就要三十歲這件事居然可以把自己嚇到噩夢連連。

三十歲這件事到底有什麼好害怕的？

就要三十歲的我們怕的是，人生已經過了一大半了還來得及變好嗎？

就要三十歲的我們怕的是，年紀大了青春魅力不再還可能會幸福嗎？

在慌張幾個月過後，冷靜下來的妳發現就算過了三十，人生好像也沒有什麼改變。

沒有像自己原先設想的那樣悲慘，妳沒有在一夜之間白
了髮、變得蒼老，更別說辦公室新來的小鮮肉還約了妳
一起去打球。

日子如常的過，太陽在該昇起時照樣不偷懶，妳所擔心
的壞事全都沒有發生。

三十歲雖然是一個嚇人的關卡，但三十歲也真的不過就
是一個數字罷了。

十年後的妳回想起面對三十歲時的手足無措，搞不好會
想念起曾經那麼稚嫩的自己。

只是，陷在當下的妳抵達真正看開的彼岸前，還有太多
要靠歲月換來的智慧才能累積的豁達。

妳或許可以把三十歲當作一個警示、一個提醒。

才經歷過剛投入職場時對自我價值的懷疑與不確定，妳
正處在一個相對穩定發展的人生階段。三十歲的到來，
蠻適合當作一個里程碑去檢視自己的人生，未來的妳想
要去到哪裡，年輕時的妳又曾經想帶著自己去到哪裡。

**妳希望成為一個什麼樣的大人，妳不想變成一個什麼樣
的大人，在這個即將到來的三十歲之前，可以仔仔細細
端詳自己，更應該要明明白白提醒自己。**

不要忘記面對三十歲時的自己有多心慌意亂，記住那樣
的心慌那是妳的在乎。

不要忘記面對三十歲時的自己，是用了多大的勇氣撐住
繼續往前不輕易讓步。
妳的三十歲因為這些堅持，肯定會讓十年、二十年後的
自己更有價值。

三十歲的另一個擔心，總是避免不了愛情。三十歲的愛
情得先搞懂自己適合談什麼樣的戀愛。
妳已經不再那麼天真地去愛了，卻也學不會現實起來。
妳學不會秤斤論兩挑選條件好的對象也懶得一直去猜。
妳最大的窘困是找不到一個有趣的人，有趣到讓妳甘心
放棄自己的自由。

生活中比愛情有把握、有趣的事情太多了，妳犯不著拿
感情任意去揮霍。
妳知道大家是怎麼說的，妳只是傷夠了，不想再愛過後
除了心痛一無所有。
只有自己明白，妳的心早就被淘空，謝絕任何可疑份子
隨意出沒。
除了這些，當然更因為談戀愛這樣的事，只會讓自己變
得太過脆弱。
妳變得失控、不像平常的妳，牽掛不可思議的多，多少
的愛都嫌不夠。

勇敢的人
請小心輕放

以上種種的戀愛後都不像妳，不管是幾歲的妳談了戀愛便搞得天天失魂落魄。

每個人本來就不是只有一種樣子，那個談了戀愛後妳不認得的自己，只是比較陌生的自己，她比較害羞不常出來見人。

年歲的增長，不只是會一天天老去，更會讓我們越來越瞭解自己。

妳藉著每一年每一天每一件發生過的事情，越來越看清楚自己的模樣。

原來自己不是只會逞強、原來自己耍起賴也是相當猖狂。

那個讓妳的孩子氣更加張狂的人，在妳擺明被慣壞後還沒嚇跑的人，應該就是那個怎麼都拿妳沒辦法的倒楣鬼。

談了戀愛後，妳不是變得不像自己了，而是在他面前妳太放心、放任所有樣貌的自己一股腦彰顯。

妳在他面前最能放心做自己，不管是好的或壞的自己。

以前的心痛都不算數了，有了他妳開始貪圖起兩個人的以後。

以前的妳不太明白，什麼樣的愛情可以讓人越來越喜歡自己。

現在的妳懂了，在一段關係中可以放心做自己，最是難得卻也很重要。

只有在對方面前可以放心做自己，不必勉強自己扮演他
喜歡的妳，才是這場戀愛談不膩的原因。

當妳越來越喜歡在他身邊時的自己，自然也會更加喜歡
這段感情。

這就是三十歲的妳應該要談的戀愛。

勇敢的人
請小心輕放

好好去愛一個人的力氣

妳很清楚口中總説著沒事的人，是花了多大的力氣才讓自己看起來像是刀槍不入。妳很明白別人一句隨意脱口而出的關心，會讓這樣的武裝前功盡棄。

推開沉沉的木門，伴隨著清脆的鈴鐺聲一起迎接妳的，是老闆暖暖的笑容。

環顧二十多坪大的空間，空無一人，自己的出現倒像是壞了一室的安靜。

「今天想喝什麼？」

老闆輕輕的問，妳暫時沒有想法。

「今天是新的一個月開始，妳看～」

老闆驕傲地以誇張的亮相身段，展示身後那一片分別以七個幾乎貼近天花板、偌大的玻璃圓柱盛裝，褐色與金黃交疊深淺顏色各不相同的啤酒海。

「我已經換上另外七種不同地區生產、不同手法釀製的啤酒。」

第一次來到這家酒吧時，妳對這樣壯觀的設計深深著迷，還偷偷希望自己可以喝到每一種來自不同國家的啤酒。

現在的妳需要熟悉的味道撐住一整天的疲累，妳選了散發金閃閃光芒的第三款啤酒。
「這是捷克的皮爾森啤酒（Pilsner），遵循 19 世紀末以來的釀造法，大膽採用了當時新研發的淺色麥芽。
所以這漂亮的金黃色澤就成為皮爾森啤酒的標誌。」
老闆熟練地把金黃色的液體注入上圓下窄的玻璃杯，緩緩將杯緣還冒著誘人白色泡沫的啤酒送到妳面前。

習慣是養成的、還是一種迫於無奈不得不的接受？
妳已經很習慣一個人做很多事。
一個人出門、一個人逛街、一個人學著只有自己跟自己作伴。
直到現在已經真正習慣自己一個。
這座落在住家附近的酒吧，隱身於冷僻的住宅區。
生意不好不壞，最熱鬧時客人也不超過五桌。
每個人都像是說好了，有個可以依循的班表照著出席，讓這個不太大的空間不顯得擁擠。就這樣，一個人來這家酒吧成為妳生活裡的習慣、平常日子的一部分。

妳從初次光臨就喜歡窩進最角落的角落，不被打擾慢慢喝杯酒，再一個人愜意地散步回家。後來某一次，正巧遇到某位熟客的慶生 Party，躲到吧檯反而變成當天最安靜的選擇。

所幸，這家酒吧就算坐到吧檯也不會尷尬，老闆聊天的方式從不探人隱私，只會切入各類不關痛癢的話題輕鬆攀談。

日子一久，妳反而習慣了坐在吧檯。

日子一久，妳也習慣了下班後要來這裡喝上一杯。

早就過了對戀愛期待的年紀了，妳很明白，心動不如心安來得要緊。

不是會有那樣的人嗎？

兩人之間不見得是戀愛關係，但，看見他時總是能笑得出來。

一起用餐時，飯吃起來會特別地香，酒喝起來也特別容易醉。

他對妳來說，就是那樣的一個人，雖然一開始彼此都留給對方不太好的印象。

想到這裡，妳看了大門一眼。

看著環顧四周的妳，老闆說，他今天沒來，他已經兩三天沒來了。

「可能最近比較忙。」

像是為了要讓妳放心，老闆替他解釋著。

妳微笑點了點頭，沒有解釋晚點忙碌完畢的他就會來赴約。

你們兩人是酒吧的常客，之所以搭上了線，是從無意間聽見他說「那個女生的笑容真噁心」開始的。

那發生在你們還沒有變得熟悉之前，那天晚上妳從洗手間出來剛好聽到他這樣對老闆說。

「那個女生的笑容真噁心。」

那天店裡相當冷清，只有妳跟他兩位常客，一整個晚上都安份待在自己的位置上喝著酒。

你們中間隔著三五個位置，都在吧檯卻誰也沒有想跟對方搭話。

「怎麼說？」

老闆用有點疑惑的語氣追問他。

妳也想知道，根本沒發現自己摒住了呼吸，躲在沒人發現的角落等待著答案。

「她根本不是真心想笑呀～只是硬逼著自己要裝出甜美可人的樣子。

現在都幾點了，老闆傳來的簡訊跟電話她還是乖巧地一一回覆，整個晚上她就一直回簡訊。用甜美的嗓音講著電話，還要對根本看不見的對方不斷鞠躬。」

聽著他的分析，自己居然完全無法反駁。

「這樣的人生太累了啦～就是這種人慣壞老闆的。」

聽到他自以為是的結論，一把無名火燒得妳面紅耳赤。

妳忍不住走到他面前，大聲的說：

「我也想要無視老闆把他當空氣呀！如果做得到我也不用每天晚上來這邊放空喝酒了！」

話一說完，妳怒氣沖沖轉身就走。

來到門邊，正要拉開大門卻又突然轉身回到他面前，用最甜美的聲音與笑容說：

「讓你覺得我很噁心，真是不好意思呢！」

惡狠狠地瞪他一眼後，妳霸氣地拂袖而去。

這就是你們第一次交談，沒有讓對方留下太好的印象。

起初誰也不在意誰，畢竟你們都是太喜歡一個人過日子的兩個人。

太喜歡一個人過日子，會很難去喜歡上另一個人。

可以在一秒內喜歡上任何小動物、輕易喜歡一家餐廳，為了喜歡的電影去二刷三刷，卻提不起相同的熱情與動力去喜歡上另一個人。

喜歡一個人過日子的人，大多只是因為怕麻煩。

也不見得真的很享受孤單，因為見識過了兩個人勉強在一起卻寧願落單，才決定單身。

一個人的寂寞也許讓人難過，但兩個人的寂寞更加使人難堪。

妳甚至沒有留意他什麼時候變成那個讓妳在意的人，只是相熟之後發現他就跟大多數的人一樣，無法面對跟承認自己的脆弱。

妳很清楚口中總說著沒事的人，是花上多大的力氣才讓自己看起來像是刀槍不入。妳很明白別人一句隨意脫口而出的關心，會讓這樣的武裝前功盡棄。

一個人生活這麼久了，妳也是這樣子把日子撐起來的。

就好像他，總是把自己的人生悲劇用浮誇喜劇的方式說出口，惹得在場的人哄堂大笑，他卻一貫的面無表情，那樣的場面每每讓妳於心不忍。

終於有一次，只剩下你們兩個人的時候，妳忍不住對他說了：

「別再這樣對自己了。」

他疑惑地望向妳。

「人怎麼可能會一直沒事呢，逞強嘴硬說自己沒事已經夠讓人擔心了，怎麼還忍心把自己的傷心當笑話來說呢？」

他聳了聳肩，一副無所謂的模樣。

「我沒事呀，人生本來就是由無數的荒唐與荒謬構成的。」

勇敢的人
請小心輕放

都什麼時候了還講文青體，妳搖了搖頭也回他一段文青體：

「人生本來是很簡單的，餓了就要吃，渴了就要喝，會痛就要說，想哭就哭出來。是好強的人把它搞得太複雜了。」

「說了又怎樣，事情也沒辦法解決，哭了有人在乎嗎？不過是製造尷尬。」

他還在逞強。

「我在乎你這個朋友，所以我在乎。」

妳的話一說完，就看見他紅紅的眼眶。

不希望你們之間的故事在談笑之間淡化成沒事，妳的勇敢發言惹得自己眼眶也泛紅。被妳撼動的他就這樣交出了一直以來無處安放的悲傷，然後你們就在一起了。

收下彼此的傷口，擦去對方的眼淚，甘於交出各自的無能為力後，你們反而因為這樣找到了力量，找回了再去好好去愛另一個人的力氣。

只要剛剛好的一個你

單身生活是會越過越習慣的，習慣到不習慣再去愛上誰。

單身的人心裡偶爾會浮現一股茫然，是你其實不知道自己在等什麼。

「你一定很挑」這樣的垃圾話聽多了，你早就無感連反駁的力氣都沒有。

大人世界裡有一種在乎是不露痕跡，每天若無其事的過。

不是在假裝你的日子真的過得很好，你沒有放棄過等待，就算根本不知道自己在期待一個什麼樣的人。

單身生活是會越過越習慣的，習慣到不習慣再去愛上誰。

你也曾經跟自己開過反省大會，過往那些戀愛機會每一回的失敗總有個原因吧？

你拿出科學實驗的精神，要找出自己失敗的原因。

到底你致命的缺點是什麼？是太獨立？是不肯示弱？

勇敢的人
請小心輕放

每一次分手不管是怎樣的結束，你聽到的理由都有點牽強。你越想越不懂，但擺在眼前明明有一個更簡單的答案——他就不是那個人。

有些朋友會這樣恐嚇你，不要單身太久，單身太久的人會獨立到不需要任何人。

講得好像獨立是一種錯或是一種傳染病。

獨立沒有錯，真正愛你的人不會因你太獨立而嚇跑，他會心疼你的獨立。

獨立不是病，獨立是種習慣，必須自己解決所有為難不得不養成的習慣。

你只知道單身的越久，好像真的就越不會談戀愛了。

更明確來說，你是失去了愛上誰的力氣。

畢竟過日子已經讓人疲累不堪，畢竟過生活已經花盡全身所有力氣，想到還要讓另一個人來攪亂平靜日常，這還沒發生的可能光是想像就讓你卻步。

現在的日子你過得很有把握，多了一個人你根本沒有把握。記憶中的愛情都是闖禍，愛到後來，總讓人懷疑老天爺到底哪裡搞錯。

一個人生活的好或不好你老早看破，卻擔心憑空出現的這個人會很難擺脫。單身的日子大多快活，只是免不了偶爾在夜半被孤獨勒索。

認定了一個人是什麼樣的感覺？

你想像過那樣的安全感，相信自己被愛、被好好對待、被全力寵壞。

不必遇見最好的那個人，你不貪心只想要一個剛好。

只要剛剛好的一個人，其他人多好都與你無關，你的餘生只想跟他相關。

這樣的剛好並不是從天而降的幸運，不是不必磨合的渾然天成。你很明白自己注定是個必須腳踏實地的人，當然在愛情上更是。

在你想來認定了一個人應該是——你帶著千瘡百孔的心來遇見他，而他經歷太多曲折早就什麼都不怕。

相遇後真切相處，吵了架也分不開，各自修正過後繼續相愛，沒有什麼遺憾悔恨可以去怪，你們是彼此無法替代的存在。

你要的是一段舒服的相處，不怕麻煩對方、不擔心會被厭煩，你耍賴時他瞪大眼睛假裝生氣後還是包容，他孩子氣時你邊笑著邊翻白眼接受。

他明白你那些暗黑的、不討人喜歡的個性不是刻意賣弄傷感，你收下他的脆弱與難過仔細燙平。

長大了以後，你總是聽別人說過日子不要太計較，每一天的每一天能過得去就好。

唯獨與他所有相關你都計較，你計較自己不在時，他的
日子能不能過得一樣好，你計較兩個人可以一起去到多
遠的以後。
你計較這次能不能談得成一段不分手的戀愛。

以後別做朋友

長得夠大了之後，我們都會漸漸明白能陪自己到最後的，不會是曾經以為的最愛。

過了很多年以後，我才真正明白完全放下一個人是什麼樣的感覺。

不是光顧著生活下去，忙到沒有時間想起你或是那段過去。而是就算心裡還是空著一大塊，就算孤伶伶一個人走在最擁擠的人群中，這些最容易感覺寂寞的時候，你的名字也不曾浮現在我腦海裡。

那些心痛，用力傷害著彼此的回憶都遠得像是前世並非今生。

我不太會想起你了，這幾年認識的朋友裡也沒幾個人知道我們的過去。

你往前走去，走向沒有我的人生。

我留在這裡，過著沒有你的日子。

我幾乎連你的臉也都要記不得了，真的已經沒有我們了。

勇敢的人
請小心輕放

還可以做朋友嗎?

我還記得你問的這句話。

你說,希望我們之間可以優雅的結束,想要好好記住我的樣子。

你把離別說得太美,我幾乎要為提出分手感到抱歉。

躲不開的罪惡感驅使我,答應繼續當朋友。

每到週末你還是會來接我出門,一起看電影吃飯就跟分手前一樣。

我猜想這只是過渡期沒有拒絕,直到有一次你突然牽住我的手,這才驚覺不妙。

這不是朋友該有的對待。

那天你問我是不是沒有愛過你。否則,怎麼可能這麼快就安然無恙。

我說是。

那你會不會就比較容易把悲傷安放,當作自己真的毫髮無傷。

你用受傷的眼神看著我,從此與我斷了交情。

你連這樣的謊都輕易信了,卻不相信曾經的愛情。

心痛要怎麼量化呢?

起初傻傻付出一切,你承諾我們跟幸福不會失約。

一次次淚眼中希望好好溝通,只換回沉默以對。

逃避許久才終於面對這愛情早已凋謝。你消極面對我早該做好就要心痛的準備。

我曾經以為什麼都老不了我們的愛情，直到你厭倦了愛我，這顆心才真正老去。

蒼老到再不再為誰狂跳、也不再感覺疼痛。

我不太會想起你了，這樣的記性是我這些年最幸運的一件事。

以前一直以為最大的幸運是遇見了你，後來才明白更大的幸運是不再想起你。

兩個人相處的日子裡，我被迫提早習慣了孤獨。

你的愛早早散場，只剩我一人為愛忙碌。

只留下愛的殘骸要我收拾，不願當面好好說個清楚。

我終於領悟，一個人活總好過在有你的世界裡格格不入。

長得夠大了之後，我們都會漸漸明白能陪自己到最後的，不會是曾經以為的最愛。

而是那個在一起了之後，讓你越來越愛、愛到連自己都發亮、愛到對「我們」上癮的人。

你們各方面的合適是後來相處來的，不是開始相愛時就發生的。

勇敢的人
請小心輕放

你們是彼此最好的朋友，什麼事都可以說出口，也不怕丟臉、不擔心被瞧不起，所有的暗黑心事都能陪著彼此好好消化。

在經歷得夠多了之後，就會懂得每個人都可能遇過想愛卻不可得的人。當一切都已經成為過去、疼痛早已淡去，這些愛過的曾經早就不著痕跡改變了我們。

相較於年輕時動不動就為了愛情哭到呼天搶地，後來的我們已經明白了人生中的想得卻不可得。

更棒的是不管有多想得卻不可得，總有一天，那些不甘心都會過去的。

大人世界裡有一種愛是終於放手。

我對你的愛已經到此為止，相信自己離開後可以過得更好才放手。

這樣子的我，到底為什麼還要跟我當朋友？

分手就分手，誰要再當什麼朋友。

既然傾所有愛人的能力也留不住一個以後，還不如趁早放手還給彼此自由，勇敢去面對每一次遇見，然後找到那個對的人再也不輕易讓他走。

那一段路那一場雨

原來自己沒有真的壞掉，也不是被留下的那一個，你們只是選擇了不同的路，各自踏上了另一種人生，

有那樣的一段路，你現在回想起來已經不明白自己是怎麼走過來的。

你沒有特別期待著什麼事發生，也沒有什麼事特別發生。日子一天天無聊的過去，頹廢到忘記自己也沒什麼不行。天亮天黑是逼自己跟上的節奏，吃飯睡覺只是為了活下去。不過是失戀，不過是失去一段感情，你沒有想要搞的像是世界末日般悲慘。

但你難免會想起離開的那個人。
那時候會突然只想躺在冰冷的地板上，重複聽著同一首歌。
總之 那幾年 你們兩個沒有緣
女歌手唱的道理你都懂，但是看開這樣的事是不請自來

勇敢的人
請小心輕放

的、是不在預期中發生的、是你以為心還在痛、淚還要流，卻已經能夠笑了。

但那不是現在，至少不是他才剛剛離開你的現在。

你沒打算讓朋友陪你度過這段日子，這段時間的孤單呀疼痛呀，你相信是有意義的，但必須自己去面對才能找出意義。

你當然知道朋友擔心你，但因為無法由衷地說自己沒事，你只好沉默以對。

你不知道什麼時候會放晴，你知道是自己不肯讓那場雨停下來。

你知道全世界不會同時下著雨，不知道自己還有沒有力氣撐傘。

你不知道走過千山萬水，能不能繞回相遇的路口，再求來一段以後。

你只知道縱使身處人山人海，沒有一個身影是他，自己該如何將就。

後來的你已經遺忘了，好起來的開始發生在哪一天，可能是心裡一直有個微小的聲音喊著，想要好起來。

那個小小的聲音，有著大大的力氣逼著自己要慢慢好起來。

在被這樣的力氣逼著行動後，你開始去做一些不會做的事找回活著的感動，聽到好笑的事還會故意笑得特別大聲。

你想用笑得夠大聲來證明自己的努力，就算朋友都說聽起來很勉強。

後來又有一天，你發現自己居然真心笑了出來，才知道自己已經朝著好起來又近了一些。

原來不刻意去遺忘才能忘記、不努力變好也會好起來。

原來自己沒有真的壞掉，也不是被留下的那一個，你們只是選擇了不同的路，各自踏上了另一種人生，不再有交集，甚至也不是平行線了。

你們之間，再也不是你們，就只是你和他，是不同的兩個人，是再也不相關的兩個人。

你也想過要好到讓他悔不當初，好到讓他再回過頭乞求你的愛，好到身邊的人都說你們分開是好事，其實大家都覺得他配不上你。

可你要的愛情從來都不是別人的認同，你要的是和他兩人一起的世界大同。

你要的愛情向來不是別人眼中的羨慕，你要的是和他兩人攜手的朝朝暮暮。

他的離開是一夜之間發生的，相較於你這麼放不下，他

倒是放得很容易。一開始想到這一點的時候，你很恨。

你後來明白了，他走得如此乾脆是一種慈悲。

相較於他最後的溫柔，對你最殘忍的反而是緊緊抓住回憶不忘的自己。

現在再想起他來，當然難免還是有點糟，畢竟花了好長一段時間在憑弔。

你希望他不要過得太好或太不好，最好平庸就好。

就是那種平庸到不會被聊起來，平庸到容易被遺忘的程度。這樣的話，朋友之間就不必刻意避開會聊到他的話題。

你終於願意去尋找可以躲雨的屋簷或者試看看自己打傘，看見雲層的縫隙透出陽光的時候，你也開始期待起天晴。

以前那段喜歡走在雨裡的日子，是為了不讓別人看見自己的淚。

這場雨下了太久，他已經快要不是你淋濕的理由。

這場雨下了太久，你終於肯放掉他承諾過的以後。

但那一天似乎還要再等等，你還在等更多想微笑的衝動、等一個放晴的好天氣、等自己由衷開心起來的那一天。

你知道會有那麼一天的，只是你還不知道會是哪一天。

你知道會有那麼一天的，你只是還需要再多一點時間。

那一天有風有雲有陽光也許還會有一點寒意，也可能是剛下過雨的悶熱午後，你終於讓過去成了過去，你終於願意不遺餘力地讓可以自己再幸福一次。

勇敢的人
請小心輕放

她為什麼選擇原諒

因為不想拆開「我們」，不想又成為了不相干的我和你，我們在淚眼中選擇了原諒。

這世界上難以理解的事情很多，其中最難感同身受的，常常是一對情侶為什麼會走在一起。

你知道的，隔壁老王永遠對別人的人生有很多意見。

他配不上妳。

你可以找到更好的。

更別說，如果是出軌的一方被原諒了，老王是怎麼樣都嚥不下這口氣的。

眼前這一對認識了將近三十年，在年紀很小的時候、從大家都在猜他們是不是在一起的時候，他們就在一起了。

中途分合多次，各自發展，到後來還是走向了對方，這次一走就走進了禮堂。

很多人說，如果這個世界有童話，那他們的愛情就是最後一個童話。

就在許多人懷抱著這個童話，夜夜安心入眠之際，男人偷吃了，還以不堪的方式被全世界知道。

在女人沉默的那兩天，江湖謠言四起，有人說她憂鬱症復發、有人說她搬離了兩人的家。大家都在猜，猜女人什麼時候會離婚，沒想到後來大家都猜錯了。

兩天後，女人公開發言：人誰無過。

簡簡單單幾個字便封住了所有人的嘴。

她為什麼選擇了原諒，怎麼辦到的？

是放不下糾葛了三十年的這個男人？

還是放不下一路上天真無猜的自己？

原諒可以在這麼短的時間內辦到嗎？

難道她早已知情？

早做好心理準備？

或是她另有隱情？

無數的疑問，四處流竄，大家都在猜，大家都在問。

她為什麼選擇了原諒。

感情沒有什麼公式可以推演，也不像股票基金有一定的邏輯預測。

日夜相處的兩個人之間發生過什麼，一起克服過什麼，很難對外人說個清楚。

勇敢的人
請小心輕放

沒有人會知道他們可以繼續在一起多久，也不能明白這犯了錯的男人為何重要到可以被原諒。

也許，將近三十年的累積、低潮時的相處與陪伴，對她來說，遠遠勝過他一時的激情出軌。所以她可以說服自己，原諒對方，接納彼此，再給「我們」一次機會。

我曾經看過一部電影，裡頭有一句對白：

我之所以選擇了原諒

是因為

我們之間遠比一個錯誤來得重要

只有妳最清楚在相處這幾千個日子裡，他曾經為妳做過些什麼。

不是一萬朵鮮花的感動，也許是每個寒冬夜裡，總記著暖好妳的手。不是驚天動地的求婚儀式，是擔心妳又在哪個街角走丟了自己。

是在大吵過後，依然最捨不得妳哭紅的雙眼。

因為想要一起繼續走下去，冷戰過後，你們還是回過頭牽起了彼此的手。

不只是歡度晴天，你們也一起面對過好幾場風雨。

在那個全世界都遺忘了妳的時候，在那個連妳都不太喜歡自己的時候，只有他不曾離開，他沒有毛躁地催促妳好起來，就只是靜靜陪著。

在那個連妳都不相信自己能夠好起來的時候，陪伴正是妳最需要的安靜力量。

哪裡有什麼多偉大不平凡的愛情，不過是兩個平凡人有最堅定的決心，想要一起走到很遠的未來，去看看海枯石爛是不是像別人形容的那樣好。

也許我們都要經歷過這些，才能真正懂得婚姻。

懂得婚姻不是美麗白紗宴客，不是害羞傻笑敬酒。

懂得婚姻也不只是怒目相視，討厭你又把襪子扔在地毯上、厭倦我總是企圖支配你的人生。

縱使生活磨損了愛情，就算柴米油鹽讓幸福都顯得瑣碎。

但因為不想拆開「我們」，不想又成為了不相干的我和你，我們在淚眼中選擇了原諒。

沒有人會因為想成為別人眼中的偉人，而選擇原諒。

原諒，是艱難而苦痛的決定，時間當然會有很大的助力，更多時候還是要靠自己轉念。

我們其實都明白，就算傷得再重，還是得把日子繼續過下去。

只是，要讓自己從不甘心、痛苦糾結種種負面情緒中釋放，還真不是短時間內能做到的事。

很多人不願意原諒，是希望這個錯誤可以被牢牢記住。

如果原諒了，不就顯得自己受的傷不夠重、顯得太過不痛不癢了嗎？

如果原諒了，不就表示他犯的錯不嚴重嗎？那些痛那些淚都不算數了嗎？

其實，原諒不是輕易放過誰，原諒是真心的放下、真正的放過自己。

是不再把自己的人生虛耗在懷恨上，不再讓所有心思都纏繞著不甘，是讓注意力回到自己身上，是找回愛自己的力氣跟理由。

誰也不想被封為犧牲奉獻的偉人，我們都只是平凡人，不需要成就什麼偉大的愛情。我們想要的無非就是平凡人的幸福而已。

就像女人曾經說過的：

我並非要成就什麼驚天動地的愛情，我只想踏實地經營一段平凡人的情感。

愛情死去的瞬間

我希望妳找到的愛情，不會絢爛奪目到讓妳面目全非。
我希望妳遇到那個人，日子好不好都會與妳笑著相對。

人生很常遇到一些無可奈何的狀況，比方說，妳以為自
己跟另一半感情其實不錯，但有一天他卻突然說要離開。
你們的感情突然被按上一個句點，在妳毫不知情的時候。
妳疑惑的看著他，驚訝到連一句為什麼都問不出口。
他收拾得很快，半個月後就已經準備好要搬離這個家。
臨走前，他轉過身看著妳，不帶感情的說了一句話。
「煎魚不應該擠檸檬汁。」
然後他就走了，走出妳的生命。

難道妳的愛情就毀在淋上檸檬汁的煎魚嗎？
活到了這個年紀已經很少人會擔心妳，妳是大人中的大
人，是那種大家有問題都來向妳求助的大人。
一不小心就把自己活得太過厲害，快樂悲傷都不需要依
賴。

勇敢的人
請小心輕放

其實妳不是天生懂得積極樂觀進取的，甚至個性一點也不外向，妳很孤僻不喜歡陌生人太接近，懶得認識新朋友。當身邊沒有熟悉的面孔包圍著妳時，就特別會感覺孤單。

在他離開之後，妳突然討厭起自己一個人。

更明確來說，他的離去觸發了妳兒時陰暗的記憶，妳終究還是被遺棄了。

許多的離別都藏著一些說不出口的話，總以為就算不說對方也該懂。

許多的離別都因為不再說出口的話，反正他也不聽再多愛也變曾經。

這段愛情是從什麼時候開始出錯？

你們之間是從什麼時候開始不再相愛了？

一段愛情的死去沒有明確的時間點，無法清楚明白寫下停止相愛的時刻。

很多看似負面的行為卻都是愛，但對方可以理解嗎？

妳做了這麼多覺得是為了對方好，但他有感受到嗎？

篤定相愛的時候，就算吵架抱怨都是依賴，妳霸道地知道兩人再吵也不會散，挑剔的話裡都是柔軟的在乎，是因為在乎才會爭執不斷。

如果對於兩人一起的未來根本漠不關心，自然不會衍生怒氣與在乎。只是那些怒氣與在乎的表達，是對方可以承受的方式與態度嗎？

關係越是親密的人越會放大彼此的缺點，家人如此，愛人之間更是計較。

年輕時的愛情轟轟烈烈，愛恨都來得又快又急。

你哪天特別忽略了我，特別心不在焉都感受得到，我感覺難受了也想要折磨你，因為懂你踩你痛處時就能特別準確。

年輕時那些要說不說的彆扭，總是發不完的脾氣，日積月累終究只會刻薄了愛情。

在被生活拖磨了太久之後，連照顧自己都很吃力了，要怎麼樣去應付愛恨這麼分明的一段關係？

長大了一點之後的愛情需要更多包容，包容對方在努力過日子的同時，可以偶爾不是把你排在最重要的位置。

他離去後的好一陣子，妳總逞強的說一個人挺好，妳喜歡一個人。

只是，人生有太多措手不及的考驗，輕輕使力就可以讓我們支離破碎。

勇敢的人
請小心輕放

也許妳一個人也可以過得很好，但我更希望妳能找到一個能夠相互依賴的人，才好撐過哪日無常的來襲。

我希望妳找到的愛情，不會絢爛奪目到讓妳面目全非。

我希望妳遇到那個人，日子好不好都會與妳笑著相對。

愛情的停止與死去，是從不能放心依賴對方開始的。

矛盾的是，許多我們自以為不再被愛了的瞬間，卻又往往都是猜想，更多時候是我們被生活耗損到失去感受對方的愛的能力。

「我們」首先必須是兩個獨立的「我」所組成的，在一段關係中，如果總是要求對方成為我們，卻忽視、抹煞他最原本的「我」，不論是誰都會想走。

不要害怕愛了又失去，在還有力氣爬起來的時候就應該讓自己多跌倒幾次，這些經歷都是學會的過程，教會妳在下一次戀愛時能好好相處。

跌倒起身後，還是要奮力向前直到遇見那個人，遇見那個人會喜歡最原本的妳，而不是急著改變妳成為他想要的樣子。

沒有當夠孩子的大人

更多的愛情只是一條平靜的河流，不喧嘩、靜靜流過心頭，是你想起來時會微笑，是你因為擁有它而更加努力地生活。

心理學裡有一個說法：「沒有當夠小孩的人，也往往當不好一個大人。」

我卻以為沒有當夠孩子的大人，長大後或許可以把大人當得夠好，但更需要有個讓他好好當個孩子的人陪在身邊。

她是個在別人眼中成功的大人，做任何事情都很得體。

是那種你會想成為的大人的樣子。

有一份人人羨慕的工作，對家人的照顧也不馬虎，在同事朋友之間人緣很好，是一個處處替人著想的大姐姐，特別心疼、體貼女生，因為她懂得同樣身為女人的辛苦。

那樣的體貼是不得不學會的，她沒得選擇。

身為一個單親的孩子，堅強是她沒得選擇的青春，不是年紀最大的孩子，卻扛起了最大的責任。

家裡拿主意、做決定的都是她，這樣的孩子必當看盡、也看進了大人們的臉色。

你一定以為這樣的她，將來必定是個溫良恭儉讓的妻。

但她不是，這樣懂事的她在老公面前，卻分外地不懂事。

在自己老公面前，她可以最不緊張、不必時時照顧他的情緒，可以回到那數十年前的時光，盡情當個還沒當夠、還沒被寵夠的孩子。

某天，當三對夫妻一起聚餐，她在閒聊中順口說了自己不吃蝦，因為不喜歡剝蝦。

旁邊的一位新婚人妻自然地說要幫她剝蝦，立刻被她制止了。

新婚人妻熱心地說，真的沒關係，我老公吃蝦也都是我幫他剝的。

這樣看似稀鬆平常的回答，她一聽卻臉色大變。

「怎麼可以！吃蝦一定要男人幫妳剝。」

新婚人妻還在傻傻的笑著，她卻嚴肅地繼續解釋。

如果老公不剝她也不會明講、但如果他剝了自己就會吃。

這個「剝蝦事件」在朋友圈傳開了，她老公從「寵妻狂人」迅速升級成所有老公的公敵。

伴侶之間的相處沒有一個標準公式可以套用，就算都是兩人相愛的關係，演算到最後得出的答案也不會只是一個。

一對可以長久的伴侶，自然會有一套兩人都甘之如飴的相處模式，也許旁人看來瞠目結舌、啞口無言，身在其中的兩人只覺是大驚小怪。

有些愛情像打怪，愛起來驚天動地，每多過上一年都是過關斬將，搶下寶物拼升級，在過程裡不斷提昇兩人與對方相處的技能。

更多的愛情只是一條平靜的河流，不喧嘩、靜靜流過心頭，是你想起來時會微笑，是你因為擁有它而更加努力地生活。

對她來說，這段婚姻給的最大包容就是讓她盡情當個孩子，殘缺的童年沒當夠的孩子可以在他面前盡情任性演出。

夫妻兩人之間的相處，當然不會只有單方面在付出。

斷定任何人的個性，我們憑藉的往往是某一個表面，而那個表面也僅是當事人願意呈現出來他性格中的某一面罷了。

他們兩人不是沒有過衝突，要一起生活一輩子的人，相處的過程自然經歷過許多磨合。

沒有過正常完整的童年，外表看起來精明幹練的她，雖然對職場生存需要的技能大多熟練，卻對簡單日常生活並不拿手。

比方說，她不會騎腳踏車。
對於這樣無法掌握的事情她一直有著很深的恐懼。

有一天，天氣特別晴，兩人在戶外踏青時，老公突然一
時興起想要踩腳踏車。
「可是我不會騎耶～」
她臉色慘白的掙扎著。
「沒關係，我載妳，我會慢慢騎。」
老公溫柔地安撫著她。
她深深吸了一口氣，坐上了後座，還不放心的頻頻叮嚀，
要慢慢騎喔～很慢很慢的那種。
一踩動腳踏車，還不熟悉的他騎得搖搖晃晃的，後座的
她驚恐難耐。
她緊緊抓住他的衣角雙腳落地拼命煞車，玩性大發的他，
開心地繼續往前踩邊哄著老婆：
「妳別鬧呀，腳收起來。」
「好可怕！好可怕！你快停車！」
「不會可怕啦～妳乖乖坐著。」
兩人就這樣在一台單薄的腳踏車上互相往自己希望的方
向使著勁，掙扎了一會兒，老公放棄了。
「好了好了，我們先休息一下。」
他回過頭，只看到身後的老婆眼睛腫脹鼻子紅通通，早
就泣不成聲。

他慌了，一把將她抱入懷中。

「早就叫你停車你都不停，好可怕啊～」

哭濕了他胸膛，還在控訴著腳踏車有多可怕。

許多人以為簡單的騎單車，卻恰巧是她最恐懼的一件事，始終無法克服。

面對這樣的恐懼，當下的她就只能哭也無法說個清楚。

每個人都有自己內心的黑暗面與恐懼，你無法理解的恐懼並不代表不存在別人的生命當中。

你的把握是我的死穴，你的輕鬆自在卻是我最大的恐懼。

過了一會兒淚還在掉，不服輸的她表態要挑戰腳踏車。

他自然懂老婆的個性，於是提議：「好呀～那讓妳騎了載我。」

他想要陪著她一起面對恐懼。

就算不能體會你的害怕，但我能做到當你害怕時陪在身邊。陪伴，就是我可以給你最大的安全感。

願意把對方的恐懼當一回事，耐心陪著一起克服，這遠比什麼天長地久的承諾還來得踏實、讓人感動。這樣的包容、又可以在他面前盡情當個孩子，正是兩人婚姻最堅強的後盾，更是比任何甜言蜜語都還動人的體貼。

你是不是找到了，那個可以讓你盡情當夠孩子的人？

勇敢的人
請小心輕放

來日方長，我等你

你會等著那一天，等著那個可以舒適相處的人，他的出現讓別人都顯得早到與太遲。

「為什麼別人總是可以看得清楚呢？」
你時常會有這樣的疑問。

不管是未來要走的路或是眼前是不是對的人，別人好像都看得清楚，你常常一點把握都沒有。

你其實也遇過對的人，或者說你以為是對的人，卻在交往幾年後，無疾而終。

愛情對你來說，就像是已經試過太多次卻不適合的商品，你再也提不起任何興趣，就算再有機會路過布置得絢爛奪目的櫥窗，你都懶得多看一眼。

食之無味，棄之不可惜。

你覺得自己來日方長，長到不怕一再錯過，你幾乎要相信自己根本就適合一個人過完這一生。

一個人過日子真的挺好的，尤其跟身邊的朋友比較的時候。那些有伴的人不是擔心被劈腿，就是一天到晚拉著你叨叨唸唸另一半的不是。你還有個朋友，在結婚前一週拉你出去喝酒。

「你叫我不結，我就不結。」沒頭沒腦說出這句話，你差點以為他要跟你告白順便出櫃。

「那就別結了吧～」

他惡狠狠瞪了你一眼。

「說得輕鬆。」

他嘆了很大一口氣，接著乾了一整瓶十八天，罵了一個髒字後嗆你不懂。

一個星期後，你坐在喜宴裡看著他畢恭畢敬到處敬酒，你看不明白他臉上的表情，笑起來的樣子像是幸福裡夾雜著痛苦。

他結這場婚你怎麼看都像是場交易，交出自由自在，人生只剩不痛不快、一次次慘敗。

這段婚姻到底是為了讓誰好過，又是為了跟誰交代？

如果根本不需要對誰交代，又何苦在這麼多人面前演出這一場戲。

都說婚姻是愛情的墳墓，這種自掘墳墓的人根本不值得同情。身邊的朋友一個個結婚，你從一開始被單身到現在習慣了單身。

你喜歡一個人過日子，甚至有點擔心自己太過喜歡了，根本沒有預留任何空間給將來也許還會意外出現的人，不管是在實際的空間或是在心裡面。

說著說著，發現自己把愛情形容成一場「意外」，你覺得有點好笑。

把一個人的生活過好，需要些什麼條件？仔細數了數，你發現對自己來說竟然不必包括愛情。

你看過一些文章，把你這樣的人列為「愛無能」。

你覺得這個名詞有點誇大，你並沒有什麼心理創傷，或是親密關係障礙。你只是很單純地提不起力氣去對另一個人好，倒不是計較有沒有回報。

光是想到有另外一個人要介入你的生活就覺得是打擾，你人生的下一步根本沒有這樣的打算。

你當然知道多了一個人，日子會多些變化，只是你更擔心那樣的變化，會讓你的生活變質，再也拿不回原本的舒適自在，你擔心那樣的變化自己難以消化。

一開始的你不是這樣的。

那時候，還很敢去愛的時候，也有過這樣的一個人妥當地收好了你的心，讓你以為自己再也不會流浪、讓你以為再也沒有遠方。

他說他就是你的故鄉，這句話讓後來的你身在哪裡都覺得是異鄉。

你其實也想知道，到底自己是哪個開關被鎖上，在他離開之後再也沒有過別人。

那些朋友好心介紹的對象，都好像可以交往看看，卻沒有一心一意只想見到他的念頭。

好不容易說服自己去赴約，你總是一不小心就放空，或是計算著多久後提議各自回家才不算失禮。

你並沒有抱定主意不再戀愛，你只是不確定自己的幸福到底還要多久才會到來。

前兩天跟一群朋友聚會時，聽到了這樣的一個故事：

我們現在認為理所當然存在的罐頭，1810 年在英國被發明，但開罐器卻一直到了 1858 年才出現。

在那將近五十年的時間裡，全世界沒有人覺得生活上缺少了什麼，那將近五十年的空白裡，全世界各地的人們各自用自己的方法去嘗試打開罐頭。

生命中沒有若有所失，沒有迫切感受到那個必須的存在，就像現在的你一點也不覺得愛情有什麼重要的。

但是，五十年後當開罐器出現，一切都改變了，它成為一個重要的存在，成為罐頭的不可或缺。

朋友用浪漫的語氣說著，你卻諷刺的回話。

現在已經是易開罐時代了，開罐器不再那麼必須，就跟愛情一樣。

你說的話，獲得了全場的一致白眼。

真的這樣嗎？重要的事情有時候就是喜歡晚點才到嗎？
一個人回家的路上，你忍不住開始胡思亂想，同時也明
白了原來自己對愛情還有期待。
現在的你沒有活不下去、沒有過得不好，甚至並不覺得
人生缺少了什麼。
只是，你知道自己無法將就，易開罐常讓你割傷，你終
究還是習慣要找個開罐器。

如果，重要的事情就是喜歡遲到，你決定給它時間。
你願意相信在遠方，有一個人正朝著你走來，不疾不徐
以自己的節奏，慢慢接近。
你會繼續把自己過好，就像你希望他一個人時也要把自
己照顧好。
你會等著那一天，等著那個可以舒適相處的人，他的出
現讓別人都顯得早到與太遲，你們的日常自然到讓旁人
以為是將就。
你們好好過著生活，把日子過得安心卻不無聊，笑著罵
著挑剔著一起過一生，那是你們的講究。

慢慢來，來日方長，我等你。

那些傷最後都會好的

你們相遇得太早，他還沒準備好要好好愛人。
你們相遇得太早，他還不懂得珍惜一個好人。

妳是不是也曾經遇過這樣一個人，認識他不能確定是幸
運還是不幸。
這場相遇對妳來說到底是一場在劫難逃？是一次必須經
歷的現世報？還是到頭來什麼都沒留下的空頭支票？

經歷他之後，妳說妳不再相信愛情了。
想起他的時候，生活好像又難了一些。說好的天長地久
已失約，曾經的日月光輝都成黑。
你們後來終究沒有在一起，就算他曾經對妳那樣地好。
他後來活在妳再也觸不及的遠方，好得像在對妳炫耀。

沒有人懂你們為什麼沒有在一起，妳自己也弄不明白。
童話故事變成了虛應故事，無話不談變成了無話可說。
一開始，妳陷入重度的自我懷疑，過日子變得很難，連
呼吸都吃力。

勇敢的人
請小心輕放

在他突然疏離妳的這段時間裡，妳仔細推敲過上千萬次到底是在哪一個環節搞錯，妳是不是少做了什麼？或者多做了什麼？

那些溫柔話語怎麼會一夜全成空，妳的心徹底碎了，不只是微風吹過也會渾身發痛的千瘡百孔，是停止不了無法被安撫的疼痛。

更失控的是妳根本不想讓自己好起來，妳擔心修補好了他卻認不出妳，那你們要怎麼再在一起。

面對朋友的關心妳安慰他們說，一切都過去了。

只有妳自己知道，那樣的快樂真的不會再有了。

就算過了很久很久以後，當妳終於存夠了勇氣願意讓自己再去愛一次，肯定會在太幸福的時候想著到底何時會分開？什麼時候對方會受不了自己，就像這次一樣妳又被留下，只剩下自己一個。

責備了自己夠久，淚都流到乾涸之後，妳開始有點明白了，你們之間弄錯的其實是相遇的時間。

你們相遇得太早，他還沒準備好要好好愛人。

你們相遇得太早，他還不懂得珍惜一個好人。

他有自己的問題必須克服，那不是妳能幫得上的忙。

妳也不是沒有想過如果可以再晚一點，是不是就可以錯過他、就能夠避開這場心碎。但在淚已經收乾了以後，在朋友聊到他已經不再沉默的現在，妳終於懂了 **來到妳**

生命中的每個人都帶著一個課題。

這個課題不見得是妳的，有可能妳是出題的人，他才是必須學會的那一個。

也許在很久很久以後，歲月會把他帶到懂得日常才最難得、錯過不會再有的年紀。

到了那時，他會突然想起這一年的不告而別，想起多年前被他傷透心的女孩，但到那個時候所有的觸景傷情早就都與妳無關了。

年紀還小的時候，遇上了壞事降臨到自己頭上，總是會被影響好久好久。

那時的自己很輕，輕到一碰就會碎，還沒練就習慣傷疤，還當心碎大驚小怪。

現在的自己可以一個轉念就想開，是歲月讓我們看淡了，是年紀讓我們釋懷了，是因為我們知道了，老天爺不會丟給我們過不去的難關，常常讓自己過不去的是我們的情緒。

之後的愛情妳決定給自己，也給對方長一點的準備時間。

在當下只有自己一個人時，妳要先把自己的日子過好，好到像在對所有人炫耀，好到再也不跟那些過去計較，好到未來的那個人恨不得早點把妳找到。

妳要在一個人的好日子裡，好好等著就要來到的幸福。

謝謝你們的勇敢

我一直相信熟能生巧這句話不是沒有道理的，而這個道理對照到
人生所有事情都是一樣，只要多練習就會有好結果。

林志玲的閃婚帶給許多人很大的震憾，這其中我身邊友
人的 PO 文，讓我聽到了太多感慨。
她寫下這樣一段話：
我覺得這個男生有著好大的勇氣　謝謝他。

我身邊的大齡女子比起男子要多出很多很多。
她們許多條件都相當優秀，事業成功、經濟自主、生活
獨立、個性極好、待人良善，外型保養甚佳。
除了這些，她們還有一個共同點：感情空窗許久。
不是不想談感情，是遇不到對象。
不管是不是自己設限太多，還是太過滿意單身生活。有
時跟她們聊起來，她們大多還是會透露：「想要有個人陪」
的心情。

林志玲的閃婚對於這些美麗的大齡女子來說，最觸動她們的是這個男人的勇敢。

他不理會旁人的眼光，不把年齡當作障礙，以最純粹的心情出發誠實對待心動的自己，拿出了最大的勇氣去追求心儀的女子。

聽過的故事太多，能夠這麼勇敢的男人真的很少。

不是擔心三姑六婆怎麼說，就是想的比做的還多。

能不能接受兩人之間的各種差距，牽涉到每個人的觀念不同，自然是無法勉強的。偏偏在遇到這樣無疾而終的愛情時，大齡女子常常會覺得是自己的錯。

林志玲也很勇敢，她在自己的手寫聲明上寫下這樣的一段話：

我一直堅信

只要我努力相信愛情

愛情有一天會眷顧於我

這話同樣讓我感慨萬千，我在自己的上一本著作《努力多久才可以喊累》裡寫過一段話：

妳要等到那一天，可以細數這一路的記憶時才會理解，路上遇見的顛簸都是必要的。

還會發現，老天爺並沒有弄丟妳的地址。

只是，非要等到這一天，妳才會知道。

勇敢的人
請小心輕放

經過這麼久的等待與練習，其他人只留下潦草的痕跡，而他是妳一筆成畫的傑作。

分享到粉專頁面時，我看見一位認識卻沒有深交的大齡女子回應：

「真的是這樣嗎？我很懷疑。」

我一直相信熟能生巧這句話不是沒有道理的，而這個道理對照到人生所有事情都是一樣，只要多練習就會有好結果。

第一次談戀愛就能修成正果的人畢竟是少數，大部分的我們都沒有那樣的幸運，總免不了傷了又傷。

在受傷了之後，如何繼續面對愛情才是關鍵。

面對一場挑戰時，決鬥的態度比決鬥的技巧重要。

你不必很會談戀愛，但必須有正確心態。

你必須夠慷慨，捨得自己也許會被傷害。

面對愛情不逃開，再傷心也都不要使壞。

必須放手時，不管再難過都讓自己離開。

每經歷過一次的戀愛，都有機會讓自己成為一個更懂得愛的人，只是你有沒有從中學會而已。

你，有沒有這樣的勇敢，讓自己一試再試不怕受傷。

你，有沒有這樣的勇敢，聽從自己的心想愛就去愛。

從林志玲結婚，你看到了什麼？

看到讓你相信愛情的力量嗎？而我看到了從容。

在單身的這些年她坦承自己渴望愛情，卻不被年齡綁架，她把一個人的日子過好、把自己照顧好，好到愛情找上門時，從容地接住。

選擇嫁給愛情，永遠沒有太晚，絕對不嫌太遲。

總在懷疑自己不可能找到那個人，先問問看有沒有給自己去試的可能？
在面對可能的愛情時，你選擇了讓自己去愛還是推開這個機會？
在可以認識新朋友時，你讓自己參與了？還是寧願一人窩在家？
在嚷嚷著沒有好男人時，你試過去找了？還是忙著埋怨老天爺？
一直堅持在相信愛情這條路上，當然很寂寞。

在過著一個人的日子時，我們得先把自己照顧好，好到日後終於相遇時可以好好對他炫耀。
為了要遇見你，我始終努力成為最好的自己，而如今我做到了。

━━ 詩 ━━━━━━━━━━━━━━━━━━━━━━━━━━━━━━━━━

若真的 只有信守永諾的愛情
在分開的那夜
轉眼 蒼白了一生

我本該是　活在海裡的魚
卻
經其一生 都沒真正見過大海

只是想要知道
傷心多久 才到得覺還一次心動

後來
我找到 讓遺忘失效的方法
穿上你的影子 活成你的樣子

海裡的魚

以為自己是自由自在的魚　日夜徜游　無拘無束
想念時靠近　賭氣就　躲回角落

那天發現　離得再近都無法真正觸碰你
才明白
這巨大的魚缸　就是我整個世界

我可以在你眼前在你身後　千方百計盯住你
就是無法　貼著你　肌膚相親
離再近　都進不了你的世界

最親暱的貼近　依舊距離一層冰冷

勇敢的人
請小心輕放

本以為你是包容我所有心事的那一片海
其實　我僅僅是寄居水裡

我本該是　活在海裡的魚
卻
終其一生　未曾真正見過大海

座
標

聽説世界很大　總會有個等你的人
但是
連自己身在何處　都不能夠確定
又要怎麼等待誰　找到我

沒有了我　你依然是完好如初的自己
提前了幾站下車　堅定的背影不容許好奇打探
我的哀傷是　過剩的多愁善感
只能望著行車路線圖　放任迷途

被扔下的我隨著列車繞了一圈又一圈
等不到當初説好一起
開始流浪的終點

勇敢的人
請小心輕放

後來　我也終於下了車
從不知名的小站　開始步行
沿著軌道　一片片撿回　四分五裂的自己
得要花點時間拼回自己　搞清楚我到底是誰
才能　劃上座標

好讓等我的人　找到我

天荒地老

説好一起白頭的人
那天街上擦肩時　卻已絕了頂
而你
多年前早早棄了黑髮　換上一頭亞麻

老去的　只有信守承諾的愛情
在分開的那夜　轉眼　蒼白了一生

勇敢的人
請小心輕放

那一夜
要還你什麼　又該我哪些　爭得面紅耳赤
不過是

想要回　那個答應過彼此的天荒地老

你
的
樣
子

這夜　風大雨急　你要走
窗上的雨急得像　停不下的淚　一陣又一陣

關於你的安全　甚至
能不能　在走了太遠後　找到回來的路
我都不擔心

只擔心　別離削薄了思念　距離讓記憶滅頂

你離開了　我再也不是誰的誰
我到底是誰　再也沒人幫忙記得
已記不得自己　又該如何記住　我們

勇敢的人
請小心輕放

後來
我找到　讓遺忘失效的方法

穿上你的影子　活成你的樣子

雨不會停

盛夏的炙熱　不甘心告別
不知分寸　把每一道傷口曬到發疼

夏天的雨總是　又快又急　唯獨這場是入秋的開門曲
萬物都被打濕　晴雨　天各一方
你那邊的雨　我這邊的晴　各成一個世界

你說　這一場雨注定不會停　看著前方　一臉從容
不怕有錯過

見不到夕陽
月光不張揚
日夜都逃亡
時間跟著動彈不得　被這雨困住

停下倉皇的腳步　一起靜靜聽雨

不請自來的我決心　奉陪到底
早做好與你一起　住在這場雨裡的準備

我喜歡看雨　聽雨
而且　喜歡你

答案

又下雨了
喜歡在雨天裡聽著雨天
讓傷心名正言順　散落四方
還可以理所當然　崩裂
不必對自己的破碎　感到抱歉

不是不想好起來　只是找不到理由
既然愛了就別怕一事無成　疼痛也是種成就
成就自己活著的證明
痊癒不保證生還

總是會好的　即使沒有在努力
雨也會停啊　就算沒人幫忙撐傘

勇敢的人
請小心輕放

我可以製造一百種關於快樂的表情
在又被關心時及時發送

只是想要知道
傷心多久才夠償還一次心動

原
來

原來
比　找個可以逗妳笑的人陪在身邊
更重要的是
除了喜歡妳笑　更應該捨不得妳落淚

妳不是找不到更好的
是妳原本以為只要剛好的他就夠了
現在
既然妳不再是他唯一的最好
願妳明白怎麼做對自己最好

唯二重要的事
妳的人生故事
妳想做到的事

勇敢的人
請小心輕放

除此之外的其他事　都只是別人口中的閒話
在閒來無事的雨天裡隨意咀嚼到　讓人厭世

都寫成我們
把遺憾

那些以為沒有露出破綻的青春
熨燙成一枚枚悔恨的指紋

就當作　一切安排都最恰好
卻避不了每當想起　隱隱作痛的掌心

那些深怕被看穿的每一次小心　預謀的每一次巧遇
刻劃出一場錯過
誰的不勇敢　又是誰往後多退了幾步
在你之後養出一種習慣　把遺憾都寫成我們

這些年　刻意吞下生活中　那些無處安放的難熬
是因為有你　為了有天再遇見

才讓我有餘力總是天真

勇敢的人
請小心輕放

童話

童話偷偷埋了殘酷與現實　等著長大後的我們發現

小美人魚無法用原來的樣子被愛
犧牲一頭長髮　才換來他要的甜美
渣男都長得特別像　王子
眼力不好　屠龍沒有特別強　吻功卻高明到讓人一秒清醒

故事裡的反派總是耀眼帥氣　怎樣都很難打倒
就跟現實世界一樣
大部分的人也都很善良

只是你
選擇善良　是以為這樣比較可能被愛
才不是貪圖別人眼中　多好的形象

你只是不想　被愛情置身事外

愛情的正解

我之所以一直跟你好　不是因為你最好
就算在我覺得你再不好　再討人厭時
你還是最懂我　最受得了我的那個人

對你好到讓你無法辜負的人
不見得是你最該留在他身邊的　那個人

第一個發現屍體的九成就是殺人兇手
第一個喊才不想戀愛的九成是已經愛上誰了

勇敢的人
請小心輕放

她的小鳥依人和眼淚只在你的面前崩潰
當你擔心著她一個人能不能好好生活時
她其實可以自己扛著重物　氣定神閒的走過一條條街

但
你當然就是該要放心不下她
不然　這還叫愛情嗎

愛情的誤解

並非先遇見了　先喜歡上　就能夠在一起

只有喜歡是不夠的

相愛不是天長地久的保證
不是愛了就會永遠

就算躲過同一場雨　他還是會走進別人的晴天

我們
太早學到相愛　太晚學會相處
總是被最親近的人　最精準命中陳年傷疤

勇敢的人
請小心輕放

並不是
受了傷就不會好起來　還有可能遇見一顆完整愛你的心

總會
有個人　看懂你可惡之外的可愛

有一天
幸福的收件地址　再也不會是　查無此人
就算必須走私闖關
它也會千方百計 在還沒有放棄等待前　找到你

chapter

——— 4

以為好不起來的過去

幸福這麼需無飄渺的東西，比擁有更容
易接近的方式就是去創造它。

人生最重要的和解

跟自己和解之後，會明白人生那些無可奈何錯不在自己，就算被惡意傷害，你也會看懂這樣壞事發生在自己身上的用意。

在真正進場觀看《花椒之味》前，早已被朋友圈洗版多日。

大概明白這電影的劇情走向會挑開自己哪些陳年結痂的傷口，但還是去看了。

不是因為我比較勇敢，是以為自己已經不痛了。

我看著一個不相信自己會被愛的女子，帶著一身的刺與難解的憤怒，不停弄傷身邊愛著她的人。

童年時的她，看盡母親糾結一生的愛恨，女人的心碎與無助都看進了女孩心裡。

她堅定的告訴自己，不要像她一樣強留一個不愛自己的男人在身邊，只是因為對方心有愧疚。

滿懷著對賦予自己生命這個男人的怨恨與不諒解，長年刻意疏離導致一點都不瞭解對方。

勇敢的人
請小心輕放

原來自己嗜吃辣，是遺傳。

原來他信佛。

原來除了自己，他還有兩個女兒。

為什麼兩個妹妹在喪禮上能哭得出來。

治喪的那段日子是疑惑不斷與不停解惑的過程。

她一直以為自己是個獨立的大人了，好好過著日子盡量不去麻煩別人。

但她分明任性依賴著前男友，那個與自己一度論及婚嫁的男人。

她以為的愛情不是這樣的，不是對她說出「我可以跟妳結婚」這樣勉強的話，她要的是肯定的語氣「我想跟妳結婚」，她堅信那才會連結一顆真心。

偏偏，男人不說這樣的話，只默默做了好多好多事。

擔心她最後會是一個人而買了房讓她住，就算房價已經翻漲到驚人天價也沒打算出售。

他擔心賣了，她就沒地方去了。

他擔心賣了，自己就失去照顧她的理由。

他代替她去陪伴被疏離的父親，好幾次，不嫌路遙遠。

好幾次，就算兩人早就分了手。

聽說了她要搬離自己的房子，擔心起她的開銷是不是出了問題。

他分明做了這麼多，她始終只在意「可以」這兩個字。

事過境遷，聊起往事時，男人終於願意多做解釋，他說重要的是另外兩個字「一起」。

「我是說，重要的是在一起」

一句話這麼長，為什麼你只能聽到「想」跟「可以」，聽不到「一起」呢？

聽見男人這樣說，她好像終於懂得了些什麼。

人生最重要的和解不是那個轉身離開你生命的誰，而是自己。

跟自己和解之後，會明白人生那些無可奈何錯不在自己，就算被惡意傷害，你也會看懂這樣壞事發生在自己身上的用意。

就像電影裡提到的，甚至你會釋懷年少時曾經犯過的錯，最終只是需要找到一個願意原諒自己的人。

一個願意原諒你的人，在所有人都轉身離開後，還是微笑著看著你，鼓勵你別放棄的那個人。很多人找了一輩子都沒找到，那是因為他始終沒有原諒自己，沒有跟自己和解。

不管有什麼話，都請好好表達，好好說。

人生太短，我們實在沒有時間一直傷害自己與身邊愛自己的人。

是好運氣還是夠努力

努力不只是為了最後讓別人看見，大家都不是傻子，你不努力別
人照樣看得出來。

你一定也遭遇過這樣的事情，努力了好久的事情終於得
到了一個好的結果。

朋友卻冷言冷語的說，自己就是差了你這樣的好運氣。

沒日沒夜熬到驚心動魄，苦讀許久成績揭曉，卻只聽見
父母說為什麼不能多考個幾分，就能進更好的學校。

你以為盡了力就應該開心，你以為身邊最親愛的人會為
你開心，但是他們沒有。

你忍不住要懷疑這個世界上都是這樣子的，只有自己的
辛苦才算數，別人的努力隨口說說就算了。

你忍不住要懷疑自己是不是真的只是運氣好，或者根本
不夠努力。

努力的過程是一個人孤獨地爬一座山，是不是盡了力，
只有自己最清楚。

你可以只待在山下紋風不動，等待時間耗盡就宣稱自己
辦到了。

不會有人知道，但你自己知道。

人生如果只是為了要讓別人稱羨，大可交出虛華不實的
成績，但那不會是讓你心安理得的成功。

別人怎麼想並不重要，你的人生腳本不能任由別人塗抹
修改。比起別人的想法，更重要的是你的做法。

龜兔賽跑中的烏龜，在經過酣睡中的兔子，為什麼不叫
醒他？

我曾經聽過這樣一個解釋：

那是因為烏龜根本沒有看見兔子。

不是因為一心一意只想贏所以不喚醒對手，在烏龜的世
界裡，在他緩慢前進的過程中，視線所及只有眼睛到地
面短短的高度，以及唯一鎖定遠處的目的地。

只專注在如何往前，專心在前進的過程，只是享受著肯
定自己努力的結果。

不是為了比誰快或是比誰強，只是為了想要依照自己的
速度抵達那個遠方而已。

努力不只是為了最後讓別人看見，大家都不是傻子，你
不努力別人照樣看得出來。

勇敢的人
請小心輕放

在努力的過程中，總免不了有人會想要引導你，偏偏他們指出的也不見得是對的方向。

這樣的人喜歡以自己的經驗法則牽制你的發展，他脫口而出的評斷不過是企圖左右他人的武斷。

他沒有打算要替你的未來負責，這樣的意見大多只是他人人生的複製，不過是他的自以為是，你大可不當一回事。

就算要前進到自己想抵達的遠方，也總會有人不允許我們朝著那個方向前進。

動不動就打出漂亮的口號，大聲嚷嚷著都是為你好，扛著關心當招牌就像個詛咒，那正是你人生最大阻力。

這些人除了消耗你，也想消滅你的鬥志與夢想。

這些只會消耗你的人有些是你人生中逃不開、避不了的存在，跟他們相處就要先學會消化這些負能量的辦法。

除了試著反面思考跟幽默看待之外，還得加上不能讓他們影響自己的情緒。

情緒會受影響，當然都是因為太在意別人是如何看自己的。

當所有人的眼光都等待著你又一次到手成功或再一次倒地失敗，那樣的壓力的確是很可怕的，可以完全吞沒一個人。

只是，每個人生命中最重要的角色是扮演自己，最專注的目標也始終是自己，其他人的成功失敗哪有什麼重要。你對他們來說只是客串的臨時演員，存在價值只是襯托主角的重要，你的表現無論好或壞都會有人不滿意。

你成功時，不見得每個人都開心，更有人會眼紅、會覺得這世界並不公平。

同樣也有人因為你失敗而開心，你終於沒有事事順心，你終於也榮辱持平。

這樣的心情，當然是妒忌。

他們只是希望你的近況跟他們一樣，平淡到沒什麼好報告的，就只是順暢地呼吸過著日子就好，不要太過耀眼到讓他們覺得刺眼。

這些旁人的開心或難過，說穿了都是他們自己莫名衍生的情緒，你無從化解更不需理解。

這些他人的否定、暗地裡的咒罵，不是來自於討厭或者瞧不起。

是因為他們害怕你的成功，把他們毫不起眼的成績給比了下去。

因為不想面對遠不及你的事實，只好說你就是事事運氣比人強。

勇敢的人
請小心輕放

學不會衷心讚嘆別人成就的人，自然也學不到別人成功的軌跡。

他忙著排擠別人的成就，忙著耍手段與心魔成交。

這樣定義自己的高度，只會離成功越來越遠，而繼續努力的人根本無暇理會這不具殺傷力的干擾，早就擺脫負能量的渲染，帶著自己遠走高飛了。

願我的往後都有你在

分合也許本是人生常態，我們無法選擇誰要來到我們的生命，但我們可以決定從今以後的人生最想要有誰在場。

相較於現在的樂觀，你幾乎快忘了年輕時的自己總是不快樂。

天冷了、起風了就感傷，彷彿全天下只有自己不被懂得，只有自己最委屈。

感傷與委屈在那樣年紀就像是種必要生存條件，在那樣的年紀裡，如果沒有他們相隨，人生就不夠淒美、欠缺詩意。

年輕時的你不輕易允許自己快樂，在大笑過後總覺得更加空虛，所有的事情在你看來只可能往悲劇發展。

你帶著這樣扭曲的心情，卻還是期盼著愛情來臨，以為愛情擁有巨大魔法可以改變原本的悲苦人生，以為人生會從此成為你真正想要的模樣。

勇敢的人
請小心輕放

你沒有停下來想過，怎樣的幸福是自己真正想要的。

在終於發生了第一次失戀時，你狠狠放縱自己傷心了一年多，即使你們連手都沒有牽過。

那個年紀的相遇都是用來錯過的。

那個年紀的愛情都是拿來傷害的。

那時的愛情太過淺薄，總是因為一些可笑的理由突然就斷了聯絡。

因為一個無聊的誤會而被放開的你，在哭到驚天動地之餘，另一方面卻很滿意自己這樣的遭遇。

畢竟，在那樣平淡無奇的年歲裡，同學之間只有你能拿心碎來記錄青春。

那時候的你並不知道，那樣的疼痛根本不算什麼，在往後人生的路上還有更多更大的挫敗等著要讓你遇上。

最離奇的劇情都會是你的人生，最荒唐的發展也都是你的愛情。

後來的你在一次次被狠狠擊垮時，也曾經狠狠發了誓再也不相信愛情。

只是，愛情這樣的事是抗拒不了的，愛情這樣的事更是等待著也不保證來到的。它不是按照時刻表乖乖出現的公共巴士，它是在你決定放棄時偏偏來到面前停下的出租車。

我們在每一次的戀愛裡，總會學到一些戀愛技巧，也會學到一些辨別愛情的能力。正是經歷過了這些忍痛一試再試的努力，你才能夠在過程中慢慢理解自己想要的感情。

你想要的不是從來不曾爭吵，更不會是一昧包容你完全沒有脾氣。

兩個人相處的過程是一種相互諒解的進退，是收起一身傷人銳刺，捨不得讓對方受罪。你之所以在他面前沒了脾氣是因為明白了，兩個人之間最重要的不是爭出個是非，不必為了勝出吵得那般壯烈。

所有事情就算你都是對的，那又當如何？

你爭贏了卻輸掉了兩人的情感，值得嗎？

你吵贏了贏得了全世界的認同，除了最在乎的他。

在退讓得夠多之後，你又慢慢明白有一些事情是讓不得的。人總得要有些堅持，不能因為害怕失去一個人，最後卻失去了自己這個人。

成全一段感情當然需要包容，但成就一段感情並不需要有誰特別犧牲。

超出了界線的犧牲就表示這段感情出了界，是時候該要報廢。

勇敢的人
請小心輕放

人跟人之間，不論是親情友情或愛情，相處的道理其實
相去不遠。
合得來的當然要把握，合不來的何不瀟灑 Let It Go。
再血濃於水的親情，也不能夠不合常理無止盡付出。
再日積月累的友情，也可能因為過日子的忙碌淡出。
再相看兩不厭的愛情，更會相處不來而讓感情止步。
分合也許本是人生常態，我們無法選擇誰要來到我們的
生命，但我們可以決定從今以後的人生最想要有誰在場。

**我們有時候會以為日子還很長，有的是以後。想說的想
做的總是捨得再等等，反正都還有以後。**
偏偏許多關係的敗壞，正是因為這些不曾到來的以後。
**在經歷了最痛的離別後，才知道只有現在才是真的，以
後的事就交給以後。**

現在的你想要誰陪在身邊就好好對待彼此，別讓你們的
現在敗給還沒來到的以後。

當年離家的年輕人

善待自己，歲月自然也會善待你。

這文章的標題是音樂教父羅大佑前兩年演唱會主題：《當年離家的年輕人》，也是他知名代表作《鹿港小鎮》裡的一句歌詞。

早在十五六歲就急著想離家獨自生活的我，看見這個標題相當有感。

你還記得自己在幾歲時離家獨自生活？或者，你一直都還沒有離家獨自生活？

為什麼想離家獨自生活？

當時的我有種不知從何而來，覺得無法再等待的迫切感。

我是單親家庭中的么女，沒日沒夜苦讀只為了拼上大學。

當年，其實只剩我一個小孩還住家裡，其他不是北上唸書就是在當兵，根本沒有人擠壓到我的生活空間。

但，我就是想走。或者，根本是想逃。

勇敢的人
請小心輕放

以為離開了原生環境就能變身成功的人。那樣想逃的迫切感來自於急著想要成功的心情。

離家生活不必依靠任何人，是一個大人輕易就能夠做到的事，當時的我太迫切想要獨當一面，想要變得厲害，想要不必再依靠任何人，想要成為一個大人。

這麼迫切的想要，全來自年紀還太小時，就見過了太多大人的臉色。

大人說謊的時候都以為孩子不知道，大人給臉色時也總以為孩子看不到。

那時候的我以為逃到遠方自然就會有辦法，後來才發現逃得再遠，那無法輕易甩去的自卑始終還在自己的心裡。

逃得再遠都逃避不了自己。

我聽過這樣的一個說法，每個人都要經歷過三次的長大。

每個人都是這樣子長大的，從發現原來這個世界不是繞著自己轉，就算沒了自己，太陽依舊升起。

於是認命地努力，希望憑著自己的力量扭轉命運。

再一次的長大，是接受了很多事你再努力也無能為力。

我當然也埋怨過自己運氣差，沒有坐享其成的命，只能紮紮實實地拼。

隨著年歲越來越長才懂得感謝這一路上的不順遂，才明白自己繞過了這麼多遠路反而是種幸運。

人生這麼漫長，在不同的年紀、不同的時空都有各別需要突破的難關，自己能在每一次闖關時都有堪用的技巧，並非偶然，靠的正是這一路上的不順遂給出課題時學會的。

當然我也不是運氣都那麼差，也有過不明白為什麼卻糊裡糊塗過了關的時候。當時的我就跟大多數人一樣，只會讚嘆自己的幸運，並不會去深究為什麼。

我們一輩子不可能都那麼運氣，總有不走運的時候，再好運的人也遇過一兩次的倒楣，倒楣時難道就只能唉聲嘆氣責怪命運嗎？

不走運的時候，什麼事都不對勁的時候，除了給自己時間調適心情，除了不逼著自己再那麼努力，還記得自己是怎麼吞下淚繼續拼下去的嗎？

在沮喪過後、在傷停過後，那股不想認輸的堅持就是能夠繼續拼鬥的原因。

這股不輕易認輸的勇敢，正是每個人第三次長大的時候。

是明知道有些事再怎麼努力，可能都還是無能為力，卻還是會拼盡全力為自己爭取。

總是聽人感嘆歲月無情，其實歲月是最公平的，金錢買不到歲月，權勢撼動不了歲月。

勇敢的人
請小心輕放

在歲月面前每個人都一樣，你怎麼對待自己，歲月就怎麼對待你。

善待自己的人，不虛擲真心給總是勒索情感的親人或友人，不再為他們心軟。

善待自己的人，不擔心真正的自己又被誰討厭，不勉強改變自己去討人喜歡。

善待自己的人，會在心裡留好自己的位置，不會一再犧牲奉獻只為別人方便。

善待自己，歲月自然也會善待你。

那個當年離家的年輕人，如今已經看清楚了這個道理，她已經不需要再逃去什麼地方，她已經找到了自己眼淚歸去的方向。

把妳還給自己

幸福這麼虛無飄渺的東西，
比擁有更容易接近的方式就是去創造它。

任誰都有一兩件不想讓別人知道的事情吧。妳就有個像
這樣的秘密，但它更像是「黑歷史」。
單身多年始終不婚的妳，其實曾經離婚姻非常接近。

婚紗照拍了，日子選好了，喜宴訂金繳了，在舉辦婚禮
前的某一天，妳卻突然慌了。那只是平凡如常的某一天，
來公司開會的客戶遇上了妳的組員，交換名片時兩個人
相識大笑。
「原來妳姓林喔～小智馬麻～」
「唉呀～認識這麼久，第一次拿到妳的名片呢～美美馬
麻～」
別人相見歡的場合妳卻感到恐慌，只因為他們口中的對
方原本只是誰的媽媽、是個沒有自己名字的女人。
離約好的開會時間還有十幾分鐘，她們聚在一旁閒話家

常起自己家的小麻煩，妳在不遠處默默聽著卻越聽越心
慌。

她們口中雖然在抱怨嘴角卻在微笑，看著那樣惱人的幸
福讓妳越來越沒把握，自己怎麼有辦法像她們一樣兼顧
家庭跟工作？

妳憑空描繪起自己的未來，驚慌的發現結了婚不只會失
去單身的自由，還無法好好專心工作到最後甚至會失去
自己的名字。

**妳不想變成一個曾經擁有自己事業與名字、曾經意氣風
發的女人。**

妳不想要一路走來的辛苦與打拼因為一場婚姻，全都變
為曾經。

在成為誰的媽媽、誰的老婆之前，妳首先是個女人，而
妳不想失去這個身分。

於是妳在婚禮前一週悔婚不嫁，別人怎麼勸都勸不聽。

「我這樣的人，還能夠擁有幸福嗎？」

在喝多了的這個夜晚，妳醉倒在我的沙發，邊哭邊問出
這個問題。

**幸福這麼虛無飄渺的東西，比擁有更容易接近的方式就
是去創造它。**

像妳這樣的人既然已經搞清楚自己不想要什麼，那在尋找想要的目標時，不就明確簡單了許多嗎？

美劇《紙牌屋 House of Cards》裡，Frank 與 Claire 是一對相互利用、共生共存的心機夫妻檔，我其實無法肯定他們之間有沒有願意為對方赴湯蹈火的真實愛情，但有一點我相當肯定，那就是 Frank 非常瞭解 Claire。

他在向 Claire 求婚時說：

如果妳想要幸福，那麼請不要嫁給我。

我不會給妳幾個孩子，並計算著退休前還有多少日子。

但我可以保證給妳自由，並永遠不會感到無聊。

Claire 很滿意這樣的求婚詞，因為，他知道我並不想被崇拜或者寵愛。

對妳來說，妳只是要找到一個夠懂妳的人，就像 Frank 懂得 Claire。

妳要找的是不會要妳走入家庭等待他給的幸福，他知道這不是妳要的。

妳要的是兩個人一起時可以依賴，卻也大方留給妳一個人的自由。

他讓妳被寵愛、讓妳因為他的愛越來越愛自己。

以後的妳一定會感謝當時如何頭也不回勇敢地帶走自己，沒有讓步。

勇敢的人
請小心輕放

畢竟當自己不能確定，卻冒險去結一場婚，最後只會滿盤皆輸。

抽身是為了兩個人更好的未來才狠心，總好過把他的幸福耽誤。

別人眼中的妳是什麼樣子，根本一點都不重要。

有過黑歷史又如何，那不過是妳的曾經，這些刻骨的過去累積成現在。這段時間的妳很努力讓自己越來越好，妳對過去的自己有著許多的抱歉。

妳很抱歉曾經對自己很壞，只記得對別人好；妳很抱歉曾經瞧不起自己，只顧著羨慕別人；妳很抱歉曾經隨隨便便敷衍自己，只想著討好別人。

幸好這些曾經都已經是過去了。

現在的妳已經懂得要好好心疼自己了，會記得不要讓自己太累，不使喚自己去為不值得的人忙碌，抬頭挺胸過日子不再擔心自己不被誰喜歡。

雖然到了現在，很多事都還是不得不笑著忍了下來，但妳答應了自己不會再把壞情緒堆在心裡太久，時不時就清清那些垃圾，讓自己活得輕鬆一點。

自己喜歡什麼、想要活出什麼樣的人生、談什麼樣的戀愛，妳也要好好認真去尋找，要盡力活出一個不帶遺憾的人生。

成為如你一般的人

想念一個人最好的方法，不是對他念念不忘，
而是活成像他一樣的大人。

從全世界到雲邊鎮的小賣部這條回家的路，張嘉佳走了
五年。

當大家都在猜他的下一部作品是不是還談愛情，張嘉佳
卻交出了王鶯鶯這個角色，讓劉若英指名想演，也就是
《雲邊有個小賣部》這長篇小說裡，男主角劉十三的外
婆。

大家都期待張嘉佳的下一篇依然是愛情故事，卻等來了
另一種老派的愛情。
劉十三與程霜從小就認識了對方，他們談的戀愛是連手
也沒牽過的刻骨銘心，這樣的愛在《雲邊有個小賣部》
裡一頁頁細細瑣瑣地訴說著。
當劉若英看見簡體版封面時也以為自己猜對了，這肯定
是個愛情故事。

「封面有兩個小人在一起。」

她講這話時，臉上的表情有一種猜中張嘉佳心思的得意，

後來她卻讀到了王鶯鶯，一個自己想成為的角色。

但《雲邊有個小賣部》卻不只是個愛情故事。

我們在觀看故事時，常因為投射了自己的情感或人生經歷，自然會而跟著情節高低起伏或悲傷或快樂。

有時候會毫無道理地討厭故事裡的某一個角色，討厭他分明如此蠻橫與張狂卻如此搶眼、讓人喜歡。

你後來會發現，那是因為那個角色總是讓你想起自己，你們分明如此相像你卻沒有像他被好好對待，這樣殘酷的比較讓你更加討厭他。

比方說，《雲邊有個小賣部》裡的程霜。

更多時候，一個故事之所以讓你投入是因為你想起另一個人，一個你總是想念著卻也許已經見不到的人。

像是《雲邊有個小賣部》裡的王鶯鶯。

對一個說故事的人來說，最輕鬆的方式就是說自己的故事。

在《雲邊有個小賣部》裡，張嘉佳說了好幾段自己的故事，他說了自己被外公外婆帶大的隔代教養，他說了自己那年在下著大雪的冬至，在那個月台上被那個女孩丟下的故事。

你以為他說的劉十三是他自己，後來更發現劉十三是你也是我。

雲邊鎮的故事很簡單，劉十三也很簡單，是一個像你也像我的平凡人，做什麼事都沒有特別突出，終於狠下心要好好唸書是因為——

「你們山野之地，我待不下去。」

他用盡全身力氣終於離開雲邊鎮，卻在大城市裡被傷到體無完膚。

失業又失戀，他的人生完全沒有勝算，就像當年最落魄時的張嘉佳，失婚、工作不順又得了憂鬱症。

當他開始每晚十點寫出一個故事張貼出來的時候，沒有人想得到後來他的書《從你的全世界路過》可以賣出一千萬冊。劉十三也沒有想到，後來才過不了多久的時間，自己會完全想不起那年下著大雪的冬至，把他獨自留在月台那女孩的臉。

在張嘉佳的故事裡，最美的女孩總是喜歡那個不特別帥的男孩，我問他天底下哪有這麼好的事，他大笑之後回我說：

「不然怎辦，故事是我寫的。」

這是說故事的人的私心，最美的女孩都喜歡上了故事裡的張嘉佳，而在《雲邊有個小賣部》藏了更多他的私心。

勇敢的人
請小心輕放

劉十三的身影時常與張嘉佳交錯，書寫的字裡行間總是藏著別人眼中的他，寫的是劉十三但分明說著張嘉佳。

《雲邊有個小賣部》裡，程霜說：

你又懶，又傻，脾氣怪，說話難聽，心腸軟，腿短，沒魄力，也就作文寫的好點，土哩巴嘰，我怎麼會喜歡你，可是我就是喜歡你

在這裡張嘉佳要用簡單的比較法，教會你什麼是愛情。

他寫著，曾經有另一個女孩，在兩年前平靜地對流著淚的劉十三說：

你挺好的，什麼都不用改，你是個好人，但我們不適合。

在我看來這就是發「好人卡」的意思了。

你是個好人，我沒有想懂得你。

你是個好人，但是我不喜歡你。

你是個好人，也只有如此而已。

我不想真正懂你，我不想瞭解你的好好壞壞，你多好多壞都不關我的事，不會影響到我的人生，我不會要求你有任何改變。

而喜歡你的人，卻會在數落完你大大小小的缺點後，還是牽起手好好跟你一起把日子過下去。你也許會願意改，也許被寵著不必改，但你知道那始終不是他會最計較的事了。

大家都好奇從全世界走回雲邊鎮這一路上，這五年來，張嘉佳都做了些什麼？

因為貪杯他開了酒吧，因為貪吃他開了餐廳還去考了專業的廚師證照，當然，他還拍了《擺渡人》這部電影。

當他終於開始書寫《雲邊有個小賣部》，卻在才下筆沒多久，卡關了。

卡了關，他也挺想得開，就跑去打電玩。

這一打足足打了一整年。在這一整年的時間裡，他花了好多錢提昇自己的裝備，終於讓他打到了最高等級。

他說那是全中國不到一百人能達到的成就，說這話時他的神情興奮、雙眸閃閃發光。

打到了最高等級過沒多久，有天他接到了一通電話，電話裡的人邀他組隊。

老張：「組隊能幹嘛？」

電玩人：「你來跟我們組隊打，你以後就可以靠打電玩維持生計了。」

老張沉默了一會兒，對電話那頭的人說：

「我是張嘉佳。」

電話那頭的人沉默了一會兒，回他說：

「寫作耽誤了你。」

216

我們都慶幸，當初張嘉佳沒有被說服真的去組了隊成為職業電玩家，今天才交出了《雲邊有個小賣部》這個故事。

《雲邊有個小賣部》的故事從一對整天吵吵鬧鬧的祖孫開始，說起一些人生的無奈時，也都只是在淚裡藏著笑輕輕的帶過。

但故事一開始的鋪陳就讓我們明白，還有一些什麼在後頭等著我們。

我閱讀的過程有點像在看一部推理小說，明明知道真相就在最後的篇章等著要來驚嚇你，但擦不乾的淚水卻讓人始終看不清楚結局。

那個結局就像人生的遭遇一樣，避也避不開，它會在該重重敲醒你時毫不手軟。

成為如你一般的人，是想念一個人的最好的辦法。

想念一個人最好的方法，不是對他念念不忘，而是活成像他一樣的大人。

有他的微笑、他待人的溫度、他總是仔細照顧著自己的體貼。

生命會交替，而我們能做到的，就是把對故人的想念化成一股力量，是把自己的人生活成他的樣子，讓認識他的人因為自己而記得他的溫暖。

《雲邊有個小賣部》裡藏著張嘉佳對舊日子的懷想，有他撰寫劇本時的習慣，每個場景交代得仔仔細細，每個畫面的敘述都像是已經準備好要影像化的分鏡表，而對食物製作過程的仔細，當然就來自於他那張專業廚師證照的品質保證。

人生的輸贏是很難在當下定論的，劉十三失業又失戀之際，被王鶯鶯拎著兩壺米酒跑到他住的地方，灌醉拖了回來。

他用盡這一輩子最大的力氣才離開的故鄉，卻在一夜之間回到原地。

回到雲邊鎮的他，起初也不明白人生原來安排了更大的課題正等著他

前幾天，他還在城市打拚，結果失戀加失業，無比悲傷。

七十歲的老太太，開拖拉機一來一去兩百公里，車斗裡綁著喝醉的外孫。王鶯鶯自己也感慨：

「路太顛簸，傻外孫跟智障一樣，一直吐。動不動就下車替他擦。艱難，辛苦。」

劉十三醒來，目瞪口呆地發現，自己居然身在山中小院。千辛萬苦離開故鄉，要打出一片天下，想不到被王鶯鶯用一輛拖拉機拖回雲邊鎮。

我問他接下來的寫作計畫，他說因為從小是外公外婆帶
大的，打算把他們的故事寫出來。

我問他那還要等上五年嗎？

他笑著說：「我今年 39，這樣吧～希望我五十歲前能夠
寫出來。」

太久了！我激動的說。

沒說出口的是，等多久都行，別去組隊打電玩就好。

白費力氣的努力

許多人今日的風光明媚,是憑著過往一路風雨交加墊的底。
他之所以能談笑風生,是經過多少風雨無阻才拼來的現在。

見多了人生種種無常,你是不是因此感激自己每天平安
的日常。
因為日子過得太過平順,我們會麻木地覺得這樣日復一
日的平安,是種理所當然的心安。
卻不明白那是因為許多人沒有偷懶,是他們做到了許多
白費力氣的努力,才能讓大家的日子如常地運轉著。
**白費力氣的努力是為了讓事情不出錯,事前做了所有大
大小小準備。**

我們每一天進進出出使用到的每一項機械操作,都需要
專業技術人員固定維修。原則上,只要他們仔細用心做
了就可以避免不幸發生。
聽起來很簡單的原則,卻很常不被遵守。
諷刺的是沒有發生不幸,我們就感受不到他們的努力。

勇敢的人
請小心輕放

只是一旦不幸發生，他們很容易就成了千夫所指的對象，平時不論多努力都不算數。

電梯、捷運、公園裡的設備，生活中接觸到的所有一切，都需要這樣被專業專注地對待。

這其中包含多少旁人見不到的努力，努力讓狀況不要發生，努力讓一切順利運行。

這些認真做事的人不擅長邀功，總是默默盡著一己之力。

如果你感受不到這樣的心意，不妨設想一下：

如果他們不這樣做會發生什麼事？

每當新聞社會版面刊登出來，我們覺得不可思議，怎麼會有這麼荒謬的公安意外發生？

然而，這些所謂的意外大部分是人禍。

人禍造成的原因並沒有那麼多的不可思議，因為你我也偶爾會這樣想：

如果稍微偷個懶，應該不會發現。

如果是白費力氣，為什麼要去做？

如果總不被感激，誰願意多付出？

這不只是簡報沒有事先準備周全，跟客戶報告時錯誤百出，最後沒有拿到標案的疏失。而是更細微的堅持，願意一做再做、不厭其煩再三檢查。

每份工作都會有這樣白費力氣的時候。

雜誌的編輯為了拍攝特輯，每一回都另外準備了許多的小道具。這些道具不在必備清單中，如果拍攝過程一直沒被用上，那就是白費力氣準備了。

任何稿件的校正部門對於即將發行的刊物，不管是多細微的描述或用字總是再三確認，如果最後成品沒有發現錯誤，那也是白費力氣的用心了。

難道因為擔心白費力氣去做了這些該做的事，就隨便糟蹋自己的認真？

難道擔心因為沒有錯誤發生，用心不被發現，就任意交出對自己專業的要求？

很多時候的努力，不是因為被誰逼迫著或是為了對得起誰，我們常常最想對得起的人還是自己。

因為過不了自己這一關，因為無法輕易放過自己，所以你經常白費力氣完成許多最終沒有出任何紕漏的事。

雖然，難免覺得這樣的自己太累，還連帶拖累旁人，但你也拿這樣的自己沒有辦法。

許多人今日的風光明媚，是憑著過往一路風雨交加墊的底。他之所以能談笑風生，是經過多少風雨無阻才拼來的現在。

他早早就開始準備，花了多少白費的力氣，耗盡了多少的預先準備，只是那時我們都還不知道而已。

人生的道理往往藏在繞過一次又一次的蜿蜒長路後、終於克服的那一個最費力的上坡後，一整片藍天碧海合一的美景。

那時的我們終於可以笑著回想：

那些所謂的白費力氣，不會是白白浪費的唉聲嘆氣。

那些所謂的白費力氣，在最後會成為你的揚眉吐氣。

餘生最美的遇見

所有的相遇都是命運精心策劃的局，你在上個街角被花香耽擱，
是為了讓我及時趕赴在下個巷口撞見。

我一直有看著天空的習慣，走路時、停紅燈時，習慣了
有事沒事就抬頭望望。
天空很少讓我失望，它從不藏私，常給出一些有趣的發
現。
雲朵的造型可以千變萬化，加乘一發不可收拾的想像力，
就足以創造出一個專屬於自己的魔幻世界。
我看過一整片天空被一根天使掉落的巨大羽毛霸佔，也
見過乘龍騎士趁著晚霞時分出門遛躂，還遇過一整座天
空之城憑空屹立。
但天空當然不是有求必應，它有時也可能只是湛藍一片
或灰濛濛的。

前幾日下班途中習慣性往天空一看，就在那時看見了懸
日，不偏不倚就懸在眼前。

勇敢的人
請小心輕放

那一刻才想起，當天正是媒體預測懸日最美的時分，直覺反應拿起手機想拍下它，試了第二次才真的成功。

低頭檢查完照片，滿意地抬頭想再看它一眼時，懸日消失了。

天空回到原本灰藍厚實的雲層，厚實到讓懸日完全被遮蓋，像是剛剛什麼事都不曾發生。

好像就只是為了讓我遇見，懸日才堅持散發光熱到那個時候。

人生很多的相遇都是像這樣的，見者無心來者多情。

你不會知道看似無心的遇見，可能耗盡他三生修行。

以為自己一見鍾情才算數，無視他枯等到差點喊停。

所有的相遇都是命運精心策劃的局，你在上個街角被花香耽擱，是為了讓我及時趕赴在下個巷口撞見。

我之所以必須先經歷過那些心碎，是為了在見到你時甘願卸下無謂的防備。

你霸道卻又善體人意，我懂事良善卻也嬌縱，都是歲月的佈局磨出來的柔軟。

我們在這時候相遇了不算太遲也不論過早，只有在這時候遇見了，我們才會不再費力將真心遮掩，不再人山人海又擦肩。

那些無法在別人面前提起的難過，都化成了眼淚融在你的掌心。

你無論如何都喊不出聲的疼痛，也願意一字一句慢慢說給我聽。

我常聽人說什麼完美愛情，都像是要無比壯烈才能夠匹配得起。

但我要的從來不是完美愛情，我要的是連我都不喜歡的自己，你能微笑著說喜歡。

我要的是每回虛張聲勢，你能輕易看穿我的慌張。

我要的是那樣笨拙的溫柔，你也懂得收下的手勢。

我要的是忍著不哭的心事，你不會多問只是陪伴。

當我又再刻意逞強，你能耐心等我褪去混身的刺。

曾經立誓要自己一生孤老，好過總是被愛情消耗。

以為早就見過錯過了最好，卻遇見了你這個剛好。

在相遇之前，我們都拿青春換過幾場撕心裂肺的愛戀。

一次又一次的失望過後，雖然免不了埋怨但也開始好奇，老天爺到底還要把自己逼到什麼絕路、還要被多少心碎拖住。

痛到以為不能活了，哭到以為沒有了淚的那些日子，不論有多難堪，最後都凝聚成推著自己靠岸的力量。

答案終於在相遇之後明明白白，
祂終究還是給我留了餘地。

你就是我餘生裡最美的遇見。

你我的糊塗失敗與偉大

那些發現事情不如預期卻能坦然面對的人、不論發生什麼總笑說自己沒事的人，只是比較懂得嚥下一次次的失望，只是更擅於安撫情緒的起伏。

我們常以為一個夠成熟的大人是擔得起夠多的責任，或者能忍受夠多的苦難。

我們常以為只要夠會忍耐就能成功，以為只要夠守本分就算成就。

我們常以為要像個大人，就得每天拼命壓抑自己失衡的情緒，這樣的勉強卻容易在某一個微不足道的瞬間失控衝撞，顯得自己喜怒無常。

在情緒終於失控之前，我們也曾經是一個個任勞任怨的工具人。

工具人不懂得拒絕、利用完就被丟棄，被責任感綁架，所有的時間都拿來成就別人。認命地以為這樣的自己才懂事，不計較、不爭功、不懂得保護自己，更不懂為什麼到最後居然被說這樣子的我們太過情緒化。

勇敢的人
請小心輕放

情緒是累積的，不安與無助也會慢慢堆疊直到崩塌那一天。

當你總是壓抑自己的想法迎合別人，最終只會壓垮自己的尊嚴。

你想贏得好人緣、希望自己人見人愛的同時，卻忘了人生苦短，自己的快樂是你最該的責任。

大人的世界聽起來一點也不開心快樂，誰都只想賴在孩子的世界裡耍蠻，拒絕前進。

當個大人最難的地方不是逢迎拍馬，對噁心的人用虛偽的讚美掩飾。

當個大人最難的地方是接受不如意，是認清再努力也有辦不到的事。

是接受了很多夢想不是夠努力就辦得到，很多人不是對他夠好就會愛上你。

在明白了人生的許多無可奈何之後，意外的，會有種豁然開朗的平靜。

那不是厭世的放棄自己，而是明白了自己能力有限，在這一次的失敗後，乾乾脆脆放過自己，停下腳步等待存夠力氣後的自己願意再去試一次。

那些發現事情不如預期卻能坦然面對的人、不論發生什

麼總笑說自己沒事的人，只是比較懂得嚥下一次次的失望，只是更擅於安撫情緒的起伏。

你不會看見他那些濕了又乾的淚，你不會知道他那些難以成眠的夜。

他學著自己承擔心中的失落，而不是一味地糾纏對方，或滯留情緒讓自己糾結，這才是一個成熟的大人懂得設身處地為別人著想的表現。

正因為許多大人到現在都沒有學會這門課題，才會有那一則則觸目驚心的社會新聞。

當個大人最重要的責任是：讓自己的存在不會變成別人的噩夢。

試著接受失敗，接受自己的平凡，接受總會有事情不如自己的意，就不會成為別人的噩夢。

過日子當然不容易，

不管再努力也沒人可以擔保你的成功。

過日子就算再不容易，

你也得拼過一回才算真正活過一次。

有時難免覺得這樣的世界太殘酷，每個日子都沮喪到讓人想哭，卻還是無法輕易放過自己、對自己寬容到可惡。

總是輕易對自己讓步，再過幾年就會收到時間賞你的報復。

每個驕傲精彩的現在，都曾有個咬著牙不放過自己的昨日。

那個天天掛著笑容，禮貌說著自己沒事的人，你就真的相信了嗎？

一個人的堅強除了是把自己的苦痛往心裡藏，用最大的力氣獨自面對所有難題。更應該不害怕表現出自己的脆弱，讓自己從脆弱的力量中，慢慢成長、慢慢強大。

誰能夠生來就不害怕受傷，誰能夠面對難題而不感到迷惘，我們都是從一次次的失敗中，找到了願意再試一次的勇氣。

那些最終耀眼的人，不見得是能力最強大的人，他只是比別人多給了自己再去嘗試一次的機會。

chapter

5

懂你理直氣壯的堅強

以前你總怪罪離別，覺得是歲月帶走
了一些重要的人。後來你才發現，真
正重要的人不必時時刻刻陪在身邊。

他是所有為難的答案

妳只是想要過一個不必跟誰交代的人生,妳也想跟誰的人生有所交集。

走出上一段關係已經太久,雖然沒有刻意去細數,總之不是這樣青春正好的年華裡該有的間距。

妳說不想再戀愛了,戀愛是一件太複雜的事,而自己畢竟只是一個簡單的人。

簡單的人容易把戀愛想得複雜,事先設想了千百樣心碎來嚇唬自己。

尤其是像妳這樣已經空白了太久的人,沒有力氣承擔誰空降到身邊。

太習慣只有自己的空間,妳挪不出另一個容身之處給誰,為他改變。

妳覺得談戀愛這樣的事就像是空襲警報,有多在乎都只是裝模作樣。

假裝可以為愛情做出多偉大的退讓,卻連個遙控器都不願意交到對方手上。

勇敢的人
請小心輕放

再說，習慣自己獨力完成所有事情的妳，不習慣談戀愛這樣的事要對方配合才有可能成功。

更何況戀愛只是可能會成功還不是肯定會成功，妳不做沒把握的事，做白工不是妳拿手本事。

獨立太久了，總是照自己的方式處理所有事，戀愛這樣的事變數太多，超過一半的勝算根本掌握在對方手中。

對於習慣控制全場的妳來說，不能接受任何失控。

妳是控制狀況的人，不是太在乎而失控的人。

妳是解決問題的人，不是製造問題造成困擾的人。

妳是被麻煩的人，不是麻煩別人總要打擾別人的人。

一直以來妳都是這樣子走過來的，懂事聽話照顧著身邊的人。

這麼多年來，只有自己可以依靠，也養成只相信自己的習慣。不是不願意相信別人，是習慣了沒有人可以商量最能相信的只有自己。

戀愛這件事，最難的是交出主控權，放下判斷力，更可能妳必須要學會去依賴對方。

以上任何一點，對妳來說都不是件容易的事。

其實，面對愛情妳有很多的擔心與害怕，很多很多，多到自己有時候都記不牢，有些甚至沒辦法開口對人說。

妳怕自己不耐煩對方，更怕對方覺得妳太麻煩。

妳經不起嫌棄的眼神，更害怕自己很快就放棄。

妳對愛情設下了這麼多壞的可能，卻不肯給它一個好的可以。

像是昨天認識的新朋友還蠻聊得來，好像可以試試看，這樣的正面想法。

越來越難談上一場戀愛，妳必須承認害怕的原因居多。

妳忘了是在哪裡看到的一句話：

不經歷風雨，怎見暴風雨。

妳深深覺得這句話實在是太對了，之前那些失戀心碎算什麼，後頭肯定有個虎視眈眈的大魔頭等著要折磨妳，妳是不會輕易上當的。

多年前經歷過那一段死去活來的愛情之後，妳越來越明白了，這世上的徒勞無功多到數不清。

在被愛情背叛之後，妳曾經以為只有工作不會背叛妳，直到前兩年公司無預警大裁員，妳僥倖存活了下來，卻一個人做著兩三人份的工作。

古人說得對，沒有什麼事會長久，沒有什麼是理所當然一直存在的。

會一直理所當然存在的只有一些硬道理：下輩子投胎要看準一點，要選對出身。

每天情緒緊繃地上著班，日子越來越忙妳卻越看越淡。

又一個忙到昏天暗地的日子，一股難以解釋的疲憊籠罩了妳。

妳突然想起一部韓劇裡說的話：

你這麼熱愛工作，但工作可不會一樣愛你。

接著在空無一人的公車上，默默流下淚來。

工作本來就不該是妳的全部，人生才是妳的正職。

都說職場是腥風血雨的、是修羅場般的殘酷考驗，在該一腳踢掉妳的時候，它可是毫不遲疑，畢竟你們之間的關係，銀貨兩訖，兩不相欠。

戀愛也是一樣呀。

妳熱愛一個人，這個人不見得會一樣的愛妳。

看吧，這世上充斥著不值得同情的徒勞無功，妳說。

妳不明白單身多年有什麼需要同情的。

說真的，光是想到要跟陌生人重新交代自己的人生，就太累人。

可是呀～可是，妳不好意思大聲說出口的是，妳並沒放棄愛情。

妳只是想要過一個不必跟誰交代的人生，妳也想跟誰的人生有所交集。

妳希望愛情比明天跟意外先找上妳，只是妳倒也沒傻到只想待在原地，等待著被誰的親吻喚醒。

那些什麼寶劍白馬妳都受夠了，在失望了太多次之後，已經不再期待誰有什麼可以拯救妳的本領。

童話故事都是騙人的，玻璃鞋刮腳又冰冷，拉著長髮攀塔不會拉到真愛只會拉傷頭皮。妳的世界挺好的，哪裡需要什麼王子來拯救，他別躲到樹叢後推妳去屠龍就不錯了。

單身這些年裡最踏實的感受，不是情人節的落單或是過年被長輩逼問，這些年裡最踏實的感受，是這一路經歷過的、牢牢握在手上的成就都是自己贏來的，沒有人可以拿得走。

這一路上的快樂或辛酸，是靠自己去體會、去慢慢掙來的。

妳早就明白努力成為更好的自己，並不見得就會遇見一段美好的愛情。

成為更好的自己，當然是為了自己，是為了要對得起那個十七歲時渴望長大自己，也為了以後的自己不再被日子為難。

戀愛跟單身都一樣，越是標榜自己狀態開心的不得了，只是更加凸顯心裡的不安。

真正的幸福是內心深處的均衡與滿足，是照見世間萬物都和諧尋常，都落在它該有的位置，最舒適的狀態。

妳見大地祥和，萬物恬靜，那是妳的心態，是因為妳又重新回到了「見山是山，見水是水」的狀態。

不管是單身或戀愛，都只是在過日子，都會有讓眾人羨慕的浪漫，更避免不了無趣的日常。但怎麼把日常過得有趣就在心態，單身也好戀愛也棒，都可以很精彩也當然都會很無聊。

戀愛這樣的事情是需要多多練習的，不必刻意，在每一次愛上時自動就會開啟妳專屬的戀愛課程。

去多談幾次戀愛，去學會懂得珍惜那個無條件愛妳的人，去認識那個把妳看得比自己重要的人，去遇見那個不管妳多聰明總是擔心妳笨的人。

當妳遇上這樣的人時就會明白，在激情之後，安安心心過日子的每一個平淡的、有他的日常多麼難得。

原來，他就是妳這一路上所有為難的答案。

她可以懂事，你不可以不當一回事

沒有人是天生懂事的，是經歷過夠多壞事才被迫學會懂事，才會一再希望自己任性卻又忍不住要懂事。

「他來接我下班時，我還很興奮地想著等下要吃的晚餐。但車子往前開不到三分鐘，我就改變了主意。」
朋友聊著前兩天跟男友之間發生的事。
「難怪男人都愛說女人善變。」
我忍不住給了她一個大白眼。
「不是啦～是因為我突然發現他午餐忙到沒時間吃，四點多餓到不行才塞了個麵包。來接我去晚餐時他根本一點都不餓呀～幹嘛勉強他去吃大餐呀～」
也是。朋友又接著說。
「結果，我男友突然輕輕敲了我的頭，說了一句話。」
什麼？我好奇地追問。
「不是說好了要任性一點，幹嘛這麼懂事！妳想吃那家餐廳已經很久了不是？」
朋友當時嚇了一跳，完全沒有意識到自己改變主意在他看來是太懂事。

懂事的人格是怎樣造成的？

懂事人格的造成是因為童年時只有做對了什麼，大人才會給予關心或稱讚，你就在這樣無限循環的相處模式中，學會了懂事。

換句話說，因為父母給的是有條件的愛，才造成了孩子必須懂事才能被疼愛的性格，也就是心理學上所稱的「討好型人格」。

雙親之間的感情不睦或是疏於照顧，會造成身處在夾縫中的孩子情感特別脆弱、分外敏感，懂得看臉色，也總在太小的年紀就學會扮演堅強。

孩子在「被喜愛的需求」不被滿足的狀況下，就會不惜一再降低自己的底線，求得別人的喜歡。

在一次次不得已中，學會了懂事。

因為不知道其他可以讓別人喜歡自己的方法，只能先討好別人引起對方注意希望這樣可以被喜歡。

懂事的人往往不覺得這麼做有什麼不對，更多時候還很認份。

懂事的人沒有意識到，每一次退讓都是在消磨自己成就他人。

懂事的人面對全世界可以掏盡全部溫柔，唯獨對自己最殘忍。

如果一個男人因為妳懂事才愛妳，那他是沒耐心處理麻煩，他跟妳在一起是因為這樣子比較省事。

愛一個人應該是不害怕她給的麻煩，只怕她不願意麻煩你。如果什麼事都可以自己一個人完成，又何必跟這個男人在一起？

我當然不是要妳一輩子都依賴著別人，更不是要說女人不可以太獨立。

很多人一輩子尋尋覓覓都在找「對的人」，卻又始終搞不懂，到底，什麼樣的人是對的人？

對的人是讓妳太喜歡跟他在一起的自己，拿什麼都不換。

因為害怕衝突不敢表現真正的自己，只能迎合對方卑微度日，這樣的妳在愛情裡當然不會真正開心，更可能覺得委屈。

一個委屈的人度秒如年，就算認命留在這個男人身邊，也會記得每一天的苦痛。

一個委屈的人不但不會喜歡自己，更會瞧不起無法離開這段感情的自己。

一段愛情，不是單單靠誰就能夠給誰幸福，幸福是兩個人一起的努力與成全。

如果這段愛情靠妳一個人懂事才能夠幸福，這樣的愛情只是妳一個人的修行，更是妳一個人的牢籠。

勇敢的人
請小心輕放

當男人夠愛一個女人，會包容她偶一為之的任性，更應該心疼她的懂事。

沒有人是天生懂事的，是經歷過夠多壞事才被迫學會懂事，才會一再希望自己任性卻又忍不住要懂事。

遇見你之後的懂事是因為愛，才把你擺在自己之前，心甘情願放下身段、不忍心讓你為難，更在風雨中為你撐傘，她後來所有的懂事都與你有關。

她可以懂事，你不可以不當一回事。

朋友難在有心不在人多

朋友難在有心不在人多，有些人多接觸只是多晦氣，沒有機會認識甚至不再往來，那都是你的運氣，是老天爺疼惜你。

你不是個容易跟人交上朋友的人，在一開始相遇的時候，沒有人會覺得可以跟你當得成朋友。

總是一臉生人勿近，好像做什麼事都無法讓你滿意。周遭的悲歡離合漠不關心，你的心思只夠顧及自己的喜怒哀樂。

時間久了，日子長了，旁人才知道原來你的心是暖的，即使臉是臭的。

你原本就不是一個熱情的人，個性慢熟又怕生更不習慣主動跟誰做朋友，相較於一大群人的喧嘩熱鬧，你更喜歡一個人的安靜跟簡單。

這樣的個性當然沒有對錯，交朋友這樣的事本來就是看緣分，你一直覺得朋友比的不是數量，該比的是體諒。

即使相識滿天下，沒有一個懂得設身處地著想的，因為

別人一句話就跟你一刀兩斷的，相識多年卻老是把你的好視為理所當然的，這些人就都不是真正的朋友。

與其難過跟他就此絕交，該慶幸的是自己擺脫了這些渣友，原來自己沒有倒楣到老，在還來得及的年紀就認清了真正的朋友該有的樣貌。

朋友難在有心不在人多，有些人多接觸只是多晦氣，沒有機會認識甚至不再往來，那都是你的運氣，是老天爺疼惜你。

年紀變大進入五光十色的大人世界，很多事情也變得太過複雜，包括交朋友這樣的事。已經失去了天真、丟掉了夢想，更無法肯定現在的自己有沒有讓從前的自己感到驕傲。

生活太難，有時連自己都幾乎要認不得了，怎麼還有辦法交到真心的朋友。

自己也曾經是個熱心的孩子，總是把朋友的事當作是自己的事去張羅，吃過太多次的悶虧後，才懂得收回自己的真心。

懂得人與人之間本該有些保留，保持一段客氣的距離，也保護太過熱心的自己。

現在的冷漠跟堅強是拿來恫嚇那些不懷好意接近的人，是要阻擋來自別人的惡意，是要讓他們知道你不是好惹的。

拿著友情來要脅的人最要不得，那樣的人不配當你的朋友，就算跟你劃清界線，也是你上輩子救了宇宙換來的福氣，不必為失去渣友感覺難過。

面對這種總是拿朋友名義，來要一份人情當回報的傢伙，以前的你肯定就是掏心掏肺回應他的狼心狗肺。現在遇到了這樣厚臉皮的事，你已經能一派輕鬆的回應，自己沒有朋友。

朋友當然是有的，怎麼可能沒有，從小到大就那幾人，但你也不介意。

懂你的就那幾個，其他的往來都叫交際，真正的朋友讓你不擔心被算計。

生命中重要的朋友，論的不是認識的長短，論的是感情的深淺。

在相處的過程中，你自然會感受到他們肯為你肝腦塗地，你不只一次因為生命中有他們而謝天謝地。

那樣的感受是相互的，不是誰多佔誰一些便宜，或是誰為誰忍氣吞聲、感到委屈。真正的朋友就算是發了頓脾氣，吵過好幾次架，也都會在諒解的笑容中和好。

你們可能無法時時刻刻陪在對方身邊，卻可以在第一時間接住對方的心事。

勇敢的人
請小心輕放

當收到前任的喜帖，脆弱的只想要買了機票隨便去哪裡
流浪時。

當辦公室的閒言閒語又開始流竄，以為自己早就習慣卻
還是感覺疼痛時。

當面對原生家庭無解的難題、無盡的紛爭又開了頭時。

這些對其他人說不出口的心事，你們總能溫暖的接住對
方，輕輕告訴對方一句：

「你很努力，你已經做得很好了。」

然後，安安靜靜，看守彼此的脆弱。

這樣的往來不只是擦身而過的短暫交集，而是一輩子的
交情。

你們不是只能開心的把酒言歡，還要永遠敞開雙臂等著
讓對方哭到濕了又乾。

即使血緣沒有真正的相連，你們是彼此選擇來的家人，
這一輩子你們已經說好了，不會輕易放過對方。

不再擔心被誰討厭

討厭你的人，不管你如何改變，他終究還是會討厭你。
你根本不需要為了讓他喜歡，徒勞無功地改變自己。

有些人對你的討厭是不請自來的，不管你做了或沒做什麼都可能會被討厭。

當然有時這樣的情緒是因為嫉妒，你擁有他盡了一輩子最大的努力，都不可能迎頭趕上、更別想超越的優勢，所以被討厭。

簡單來說，你這個人的存在就讓他討厭。

這樣的人其實更討厭自己，討厭自己的小心眼、討厭自己的小氣度，不能由衷為你的成功感到開心。

這些討厭你的人並不真正瞭解你，他討厭的不是你的個性或言行舉止，而是單純地討厭你這個人。

討厭一個人的時候，不管你做了些什麼，都會被歸類成「壞事」。

就算你行善也會被解讀為背後必定另有謀略，動機不可能單純。

勇敢的人
請小心輕放

雖然從小到大都避不開可能會被討厭的狀況，卻無法避免發現被討厭時裝作若無其事，完全不會受傷。

雖然，被討厭這樣的事其實是會習慣的。

雖然，被討厭這樣的事日子久了會麻木。

日子一久，你意外發現這樣的事發生得夠多次，原本緊繃的情緒、總是提心吊膽又要惹誰討厭的害怕，居然都慢慢放下了。

太常被討厭反而讓你習慣被討厭，習慣了莫名又被誰討厭反倒讓人容易看開。

反正改變不了別人的想法，乾脆放心大膽做自己，不再擔心是不是又要被誰討厭。

再怎麼努力解釋，總有不能夠接受跟理解你的人。

這些無法理解接受你的人，也許原本就對你有成見，帶著不公平的眼光質疑你的成就，你更不該拿自己的情緒跟他們的偏見成交。

對他們來說，討厭你只是人生一個微不足道的消遣，在乎他的討厭對你的人生只是消耗。

你的在乎他們根本麻木不仁，何苦將自己的快樂拱手讓人，再說你也不見得喜歡他們。

你一度以為自己早已練就了不壞之身，前幾天卻還是被一則則流言傷到體無完膚。

你以為自己已經看得很開，卻沒想到還是難過了一個晚上。

好像每間公司總會存在幾個這樣的角色，坐領高薪終日閒置，最忙碌的時候就是拍老闆馬屁的時候。

你最近被這樣的人盯上了，他在老闆面前頻頻數落著你的不是，即使公司大部分的人都知道他才最無所事事。

你原本以為在這個近幾年被搞得翻天覆地的職場裡，自己可以生存得下去正是因為想得夠開、早就習慣了被討厭。

但那些鎮日忙著無事生非的人，並沒有打算就這樣放過你，他們總是找得到中傷你的藉口，讓你一度以為自己真有多大過錯。

你驚訝的倒不是出手的人，看你不順眼的人屈指可數，你早料到會是誰。

你驚訝的是早以為自己百毒不侵，卻沒想到事到臨頭，這些年經歷過的風風雨雨竟然成了百無一用的裝飾，自己還是被鬥到千瘡百孔，面對那些抹黑的指責百口莫辯。

你驚訝於自己的軟弱，你驚訝自己的不堪一擊。你驚訝自己這麼強硬的外殼，怎麼這麼輕易被敲碎。

一個晚上過去，你很快地說服了自己的難過。

討厭你的人，不管你如何改變，他終究還是會討厭你。

你根本不需要為了讓他喜歡，徒勞無功地改變自己。

人與人之間如果是良性往來的關係，我們當然應該聽取對方善意的批評與建議改進自己。

但是，只要你出現他就覺得討厭。他討厭你的存在、討厭你的出現、討厭你這個人。不管你如何改變都不可能討他喜歡，又何苦為了討好不重要的人改變成連自己都討厭的模樣。

要忽略被討厭的情緒當然不是一件容易的事，只是太在意被別人討厭失去原本喜歡自己的理由，怎麼盤算都不划算。

與其每天提心吊膽，總是害怕被討厭地活在別人嘴裡，不如放心大膽好好活出自己喜歡的樣子。

不必追問別人討厭你的理由，就像你不需要解釋喜歡自己的理由，這世界上很多事情都是不需要解釋、更沒有理由的。

他的友情是因為你有行情

我們無法選擇家人卻可以選擇朋友，這些年少時的朋友在依靠著
彼此的同時也一起成長、成就了今天的你我。

年紀大了之後，人會變得越來越懶惰。

已經忘了什麼時候開始的，你怕人多的地方，在人潮裡
就是不安。

以前的你不太容易安靜下來，現在話少了，所有熱鬧與
你無關。

以前的你害怕在人群中會落單，擔心那樣的自己看起來
太難堪。

現在的你一年也難得認識一個新朋友，一心一意只找老
友陪伴。

這些老朋友平常各忙各的，不管多久不見只要聚在一起，
根本沒有空隙感覺陌生。

也不是不給新認識的人機會，只是那些當年的糗事，只
有跟老友一起拿出來相互嘲笑一番才最是有趣。

一個與他們相聚的夜晚，可以抵銷千百個人生的為難。

勇敢的人
請小心輕放

一夜開懷大笑的圓滿，能撐過好多日子無人陪的孤單。

只有他們知道最初的你，一起度過哭得最醜、笑到最瘋的年少。

他們見過你喜歡上一個人時狂放的心跳，知道你為了夢想能多拼命燃燒。

你們總愛蹺課去河堤放空，一起對著落下的夕陽大吼發著誓，要變成厲害的大人。

那些人生最無憂無慮卻整天唉聲嘆氣的時光，已經不會再回來了。

你們之間有人還在繼續拼了命想變成厲害的大人，有人覺得的厲害是把生活顧好，擁有一個自己的家。

還有人過著不好不壞的日子，慢慢變成了不上不下的大人。

所幸，當你們聚在一起時會自然產生一股力量，慢慢暖了彼此的心。

你們之間不講什麼客套，那是陌生人之間的討好。

才不跟彼此多計較，只巴不得能成為對方的依靠。

人生這條漫漫長路，沒有人是光靠著自己一個人就能走得完。

我們無法選擇家人卻可以選擇朋友，這些年少時的朋友在依靠著彼此的同時也一起成長、成就了今天的你我。

關於交朋友你向來不強求，更別提職場上向來只有勾心鬥角，哪來的真心相照。

你原本以為討生活不就是這麼回事，不積極求表現拼升遷準時上班下班，等著每月準時領那一份薪水，你不指望在職場裡能交到真正的朋友。

然而，你終究比其他人幸運，在嗜血的行業裡卻遇見了一群傻里傻氣、不爭利害的傢伙。

說是幸運，更是因為你學會了放開手、放開心，不讓壞事渣人纏身太久。

當然也遇過害你不眨眼，罵你不當面的人，你不是不知道他的善意只是虛情假意，他的友情是因為你有行情。

你不動聲色跟這樣的人慢慢疏遠，在讓時間帶走他們慢慢淡出彼此的人生。

你不介意自己的朋友越來越少，歲月幫你過濾了一些人，會留下的就不會輕易離開。有些後來走散的朋友，當初聚在一起的原因改變了感情也淡了，是因為這段緣遇就只會陪著彼此走過這一段路，不是任何人的錯。

以前你總怪罪離別，覺得是歲月帶走了一些重要的人。

後來你才發現，真正重要的人不必時時刻刻陪在身邊。

凡事簡單一點很好，就算別人總說你越來越孤僻。

勇敢的人
請小心輕放

你很慶幸自己保住了天真，卻也越來越像大人般穩重，雖然偶爾難免還是像個小孩，容易開心大笑、也容易掉眼淚。

正因為你還有著孩子般對人生熱情的目光，再加上你學會了像個大人一樣，懂得篩選應該真心對待的人，你越來越不在意別人怎麼說。

一昧在意所有攻擊你的流言，是最無聊的在乎。

當你忙著去對根本不瞭解、就決定討厭你的人解釋，浪費的正是跟真正在乎你的人相處的時間。

那些無緣由的謾罵、不知為何而來的攻擊，是怎麼解釋也解釋不完的。

人生最重要的，終究還是自己內心的安定，不如就繼續過好自己的日子，讓時間去替你說明一切。

沒有誰的人生比較容易

長大後的智慧也許並不是像翻閱字典，可以立即找出一個單字最
對的解釋。

長大後的智慧比較像是明明學會了蓋世武功，你卻寧可隱身山林
不問世事。

我有個朋友最近面臨了人生重大的決定，站在十字路口
的他正著手規劃幾年後的退休生活。

工作了一輩子，在大家都覺得還太年輕的時候，他決定
要退休。說是退休，其實就是放下朝九晚五工作的牽絆，
開始過自己想要的日子。

我羨慕他的勇敢，在聆聽他聊著自己的未來時既嚮往又
迷惘。

啜了一口咖啡看著遠方，他悠悠地說：

「十七歲的時候，我以為長大了之後什麼事自然都會有
答案。就好像長大是本魔法書，在我遇見難題時隨手翻
開某一頁就會浮現解答。」

聽見他這樣說，我笑了。

勇敢的人
請小心輕放

「我以前還設定只要活到三十歲，超過三十歲的自己太老了老到無法想像，我不能接受也不想要那樣蒼老的活著。」

我們兩人相視而笑，我給了他一個調皮的鬼臉繼續說。

「看看現在的我們，誰看得出來你已經到了可以申請退休的年紀，而我…」

我擺了一個誇張的 Pose。

「還如此青春動人。」

在這次的見面最後，我對他說了一段話。

「別把世界想得那麼大，別把自己想得這麼小。」

說沒有害怕是騙人的，面對未知，每個人心都躲著一個害怕的孩子。

只是害怕會不會拖住你筆直前進的步伐，或者害怕反而能催促你盡速抵達終點。

未知的恐懼常常讓我們把自己小看，真正放手一搏卻發現沒有那麼困難。

沒有人會知道自己當時做的決定是對是錯，每一個決定除了需要堅持下去的決心，還有就是不後悔的自己。

要顧慮的人太多，要聽的意見過多，最好的辦法就是聽聽自己心裡的聲音。

畢竟，什麼是對的什麼是錯的，在不同立場的人來說解釋各自不同，是非很難有個非黑即白的定論。

你的決定再對都會有人覺得錯，不論結果再好都會有人嫌不夠。

再正大光明都會有人以為你耍了手段。

待人再好總有人見不得你好罵你混蛋。

我們能做到的就是在做每一次的決定時，先停下來問問自己，三年後、五年後甚至十年後，當你回想到今天、回想到這個決定時會不會後悔。

如果答案是否定的，那就去做吧～

就算放手去做的你，在別人的眼中簡直是個王八蛋。

這些躲也躲不掉的批判，別人永遠有意見的狀況，讓我想到古希臘的某一派哲學家——斯多噶學派所說的豁達境界：

當你發現有人說自己壞話，不必竭力去澄清。

你只需要告訴別人說，

他說的都對，而且他還不夠認識我，否則就會告訴你們更多。

「長大了之後，自然會知道所有事情的答案。」這句話根本就是騙人的。

三十歲時，覺得自己還是個孩子不想承接太多的責任。

勇敢的人
請小心輕放

四十歲了，擔心自己就要老去抓住夢想拼命奮不顧身。

五十來到，反而覺得人生還很長心不死幾歲都是青春。

我們一輩子都在學著如何當個大人，卻又始終只想當個孩子。

在這樣的矛盾中，試圖理解大人世界的遊戲規則，拼命想要打破框架卻被現實卡得動彈不得。在一次次的衝撞過後，才不得不認清，人生就是一場有失有得的賭局。

每一個決定都像是一個賭注，往右前進就註定要錯過左方的美景。

與其懷疑這個決定是不是讓自己失去了其他的可能，不如專注在做出這個決定帶來的所有可能。

當我們願意把注意力轉移到自己有把握的事情上努力，隨之而來的成就感自然就能擊潰焦慮。

長大後的智慧也許並不是像翻閱字典，可以立即找出一個單字最對的解釋。

長大後的智慧比較像是明明學會了蓋世武功，你卻寧可隱身山林不問世事。

別人對冷嘲熱諷也許很拿手，但我們學會的是幽自己一默，先開自己玩笑在別人準備對你下手之前。

我的世界不大有你正好

真正的朋友，不會從別人的口中去認識你，真正的朋友不會要你
解釋自己，他會搶著替你跟別人解釋。

你不喜歡認識新朋友跟年紀越來越大無關，你從小就是
這個樣子。
不喜歡剛認識時的尷尬與適應期，所以不喜歡交朋友。

不喜歡交朋友，其實還有一個自卑的原因。
小時候玩躲避球或是任何的分組遊戲，挑選隊友是你最
害怕的時候。
看著雙方隊長猜拳後環顧所有球員，再一個個挑選，你
始終相信自己會是被挑剩的那一個。
你覺得自己會是那個被挑到最後、不得不選的那個人，
那個挑剩的人誰也不要。
你討厭那個過程，隊長挑選人有時候基於交情，有時候
是因為球技，不管原因是什麼，你都沒有把握。
你後來拼命練習讓自己變強，你努力讓自己當上隊長可
以選人，不必被選自然也就不必被挑剩。

勇敢的人
請小心輕放

交朋友這樣的事，跟你夠不夠強大沒有太大的關係，這是後來你才懂的。

你可能很優秀卻沒有朋友，你也許很難搞卻一堆朋友。

你不得不承認不喜歡交朋友，可能跟小時候的自己不見得喜歡自己有關係。

年輕的時候不知道自己哪裡討人喜歡，不覺得會有人想跟自己當朋友。與其被拒絕，不如先說了是自己不喜歡交朋友。

沒有期待，沒有傷害。

「交朋友」這件事你向來被動，討厭別人跟你裝熟，從小到大稱得上是朋友的人，屈指可數。

但人生待你溫柔，依然帶了許多真心的朋友來到身邊。

只是你沒想到，居然交朋友也得要劃清界線，也得要專屬於誰。

前幾年某個朋友圈突然發起「選邊站行動」，而你是不被選的另一邊。

發起人覺得你是晚到的人卻跟所有人變成了朋友，他的友情被你瓜分了，你擁有的已經這麼多，為什麼還來搶奪他的。

於是，他要求大家選邊站。

那一刻你幾乎以為自己還在就讀幼稚園，又回到你童年最大的噩夢。

只是現在的你已經不擔心自己被挑剩了，這一次你選擇了不被選擇。

你不擅長與人爭奪，更何況這又不是愛情，談什麼獨一無二？你決定退出那個朋友圈，放棄這些朋友。

這件事唯一讓你難過的是，有些你曾經當他是朋友的人，最終卻變成你不認得的樣子，還搶著跟你劃清界線。

原來，就算當他是朋友的人也會討厭你。

原來，帶著善意去跟人做朋友也避免不了被惡意對待。

原來，朋友不見得都希望你好好的，他可能希望你不要那麼好、不要比他好。

原來，你當他是朋友的人不見得也會把你當朋友。他不只不把你當朋友，他更把你當敵人、當成必須超越的目標。

你過太好，他感覺不好。

你過太好，他覺得糟糕。

經歷了這麼一回，你才終於看出誰真正當你是朋友。

真正的朋友，不會從別人的口中去認識你，真正的朋友不會要你解釋自己，他會搶著替你跟別人解釋。

到了這樣的年紀，你明白自己已經不再需要跑不完的聚會、數不清的朋友。

勇敢的人
請小心輕放

你只需要這樣的朋友，他講的話不會是最好聽，大概也不常好聲好氣對你說話。

他清楚你的痛處與難處，之所以一腳紮紮實實踩住，開始使勁就再也不收手，是因為他要你好起來，雖然過程很痛。

但，

在你最需要陪伴的時候，他會在。

在你最需要幫助的時候，他不躲。

在你不知道怎麼開口求助時，他早就為你做到了。

你的世界不大，有這樣的朋友正好。

難搞卻不難相處的人

難搞卻不難相處，寧願讓別人誤會而不敢接近，也不要被看成可以輕易利用的人，這是你保護自己的方式。

怎麼樣的人是難搞的人？

是整天陰陽怪氣還是總是陰晴不定？

是不給人好臉色還是太有個人特色？

「你是不是有強迫症？」

每當面對你的堅持，朋友喜歡這樣笑你。

「當然沒有。」

你總是立即否認。

你真心覺得自己只是對某一些事比較要求，容易看有些事不順眼，做事有一套自己的原則。

「控制狂。」

朋友還喜歡這樣說你。

你當然明白自己的難搞，但你也覺得自己只是太有原則，而且固執地想依循那些原則。

你這樣一個有原則的人，在江湖上多年來，都被耳語傳送著很「難搞」的名聲。

可能天生不是張笑臉，加上不是笑臉迎人的個性，更多時候你就只是懶得笑，只要一不笑，臉上的表情就顯得嚴肅。

你一開始還會試著去解釋，後來就懶了，尤其是對陌生人。

大部分的時候，你並沒有生氣或心情不好，在你周遭卻還是自動形成了一股「生人勿近」的氣場。

朋友曾經開玩笑要你掛上一張說明立牌：

我不是臉特別臭或是故意難相處，只是當臉部肌肉神經放到最鬆，看起來就會很不友善。

偏偏，那是我最舒服自在的狀態。

人生已經這麼難，何必逼我硬要時時擠出笑容。

你覺得解釋自己是件多餘的事，如果因為這樣別人不敢接近你，不是正好嗎？

你落得輕鬆，不必花時間交際更不會被莫名的人情債纏上，被逼著接手別人推卸的爛攤子。

前兩天，你在當天中午緊急取消了一場下午的跨部門會議。

「怎麼這麼不尊重人呢？」

「又是哪裡不順他的意了嗎？」

類似這樣的酸言酸語迅速在公司每個八卦集散地蔓延開來，你早料到會有這樣的情況發生，並不當一回事。

午休才剛結束，你被大主管叫進了辦公室。

「怎麼了？」

這一路看著你長大的大姐，帶著理解的眼神笑笑地問你。

「我早上隨口問了一下進度，發現業務部什麼都沒準備好就想要開會。所以我就取消了。」

「我想也是，你會這麼做一定有理由，但聽說本來要主持會議的 Sandy 哭得很傷心耶～」

你忍不住翻了個大白眼，大姐輕輕咳了兩聲帶著責備的眼神看向你。

「沒有準備好就要開會，是召集了一堆人來浪費時間。為什麼我的人生必須被她浪費呢？」

你理直氣壯的回應，大姐無奈地搖了搖頭。

「你說的都對，但下次別再對人家小妹妹那麼兇了～」

「就她會哭嗎？我寶貴的時間被她浪費了我也很想哭呀！這個案子整個進度大 Delay，到時候出了問題還不是我要處理，那我哭了客戶會同情我嗎？」

你能力強，幾乎不出錯，這麼難搞的你連主管都要讓你三分。

勇敢的人
請小心輕放

主管禮讓不是因為你脾氣大她不想惹事，而是因為你的堅持、不退讓都講道理即使不講人情。

被說難搞你向來不當一回事，反而覺得很省事。

一個人最重要的是要懂得自己，你原本就知道自己不是個簡單會被說服的人。

你很清楚許多事如果現在讓它輕易過了關，只會讓將來的自己卡關。

因此你底線踩得很牢，不管他人如何討好，不跟任何人客套，更不會輕易接受別人的求饒。

更何況你的難搞是對事不對人，你不會毫無理由亂發脾氣或無端生事找人麻煩。你看不慣那種不顧他人尊嚴沒來由就給為難的人，你很警惕時時提醒自己別那樣做，但你也無法只是為了顧及某些人的面子就丟了整個團隊的裡子。

你不是天生就能這麼看得開，年輕時當然很在意別人的眼光。

那一陣子總是在苦惱該不該解釋，自己不是這樣的意思、不是這樣的人。後來才發現，被說了難搞，反而讓很多事變得好搞了起來。

聽說了你難搞，跟你接洽的窗口會特別用心，事情順利解決犯得錯變少了。

Chapter 05
懂你理直氣壯的堅強

省下了不必要的交際，剩下就是可以專心工作的時間，當然更可以準時下班。

即使還是避免不了，頻頻被放暗箭的狀況發生，對於那些無聊的流言蜚語，你早練就了過耳即忘、絕不走心的功力。

在職場上，難搞是最無敵的保護色。

你很難搞，從沒想過要退讓，因為難搞讓你避開了太多的混蛋。

你很難搞，並不代表你難相處，除非被踩到底線才會瞬間變臉。

不解釋自己不代表默認，你只是以為一個成熟的大人會懂得要管好自己的嘴。

不急著去解釋，是明白最該花力氣的不是討好原本就討厭自己的人，而是跟真正重要的人為好日子討價還價。

你已經聽過太多朋友在熟識以後，把剛認識時「以為你很難相處根本不敢接近」當笑話說。你還是很慶幸自己是個難搞的人，不管在人生或職場，還是會繼續當個難搞卻不難相處的人。

難搞卻不難相處，寧願讓人誤會而不敢接近，也不要被看成可以輕易利用的人，這是你保護自己的方式。

勇敢的人
請小心輕放

天總會亮，你不會白白受苦

以前總認為狠狠哭過之後才會長大，後來才懂忍得住一個又一個不哭的夜晚才能算得上是個大人。

你原本以為成長是驚天動地的大變身，像是神仙教母將魔法棒輕輕一揮，我們就可以一眨眼成為理想中大人的樣子。

你沒有預期過成長會是如此疼痛難當，未來會如此暗黯淡無光。

長大成人這件事沒有想像中那麼好，是不是自己哪裡搞錯了？

快樂不存在歷經長途飛行後的遠方，成就也不在長大後的街角安放，等待被輕輕拾起。

以為人生到了三十歲自然會好起來，根本痴心妄想，現實世界不是這樣運行的。

在二十來歲的時候，你對困在現況裡的自己很心急。

越是心急，對無能為力改變現況的自己就更加不滿。

因為不想面對這麼不滿意的自己，你無法獨處。過了很長一段自我厭惡的日子，連帶看所有的人都不順眼。

那個年歲時的你憤世嫉俗，以為所有人都贏得輕鬆自在，只有自己的人生太不容易。

原本相信「現世報」是小小的自己對這世界不公平發洩的出口。後來卻發現，現世不見得會報，就像錢借出去也不會一定有還。

所謂的現世報很多時候只是在安慰善良的人、恐嚇想要使壞的小孩而已。

你迫不得已學會接受世界的不公，長大就是要幻滅，認清世間本就醜陋，美好良善只留在童話書裡欺騙小孩。

你以為這就是成長的樣子，在人生最該青春璀璨的歲月裡極度抑鬱。

把所有的事都看得悲觀，做了最壞的打算才肯放手一搏。

那時候的自己並不明白，很多事情在一開始去做的時候，是不會看見成果的。

努力的最前頭，是一段無人聞問的極端孤寂。

努力的一開始，再如何用心都可能會是辜負。

甚至不會明白自己堅持的方向到底是對還是錯，只知道自己想要這麼做、也必須這麼做。

你摔了好幾次跤，在那一段日子裡連自己都照顧不好。

勇敢的人
請小心輕放

不想輕易被看見自己的淚，擔心對別人來說都是打擾。

承受孤單、獨自消化情緒，直到再也撐不住的那個夜晚才終於允許自己大哭一場。

以前總認為狠狠哭過之後才會長大，後來才懂忍得住一個又一個不哭的夜晚才能算得上是個大人。

你當然也想過要放棄，放過自己就此渾渾噩噩過日子。

日子挑最輕鬆的樣貌去過，刻意忽略心裡那個渴求的聲音，掩耳不聽夢想急促地敲打聲。

但你終究還是放不過自己，你終究還是無法對自己死心。

放過自己向來不是最好的決定，如果當時你給自己算了的藉口，那一路上這麼辛苦的自己就都不算數了。

現在的你也不會是讓自己如此驕傲的自己，面對人生的為難總能使出渾身解數，解鎖任務。

後來你明白了，在努力跟放棄之間的掙扎，都是累積、是過程。

成長這樣的事，因為沒有人引導我們，總難免迷惘。

沒有人能預言將來的自己肯定揚名立萬，從此放心朝著安排好的成功去努力。在長大成人之前，我們都曾經以為只要夠努力就可以成功。

後來的你發現，所謂的成功靠的不只是貴人拔刀相助，

很多時候小人的暗地放箭反而更能激發你一步登天。

這說起來很諷刺，沒有人想要一再被傷害，但又無法否認暗黑力量的確有數倍催化成長的效果。是不想認輸的骨氣，支撐著你一定要成功給那些曾經瞧不起你、猛力打擊你的人看。

我們一次次在鋪天蓋地、迎面襲來的惡意裡成長，不管是被遺棄、受抹黑或嘲諷，都是避不掉的磨難。

沒有人不希望自己擁有幸福的童年、順遂的少年，進入眾生和善的職場，只是現實生活裡就是會有許多人帶著惡意過日子。

他們臉上沒有標註生人勿進，你免不了要栽在這樣的人手裡幾次。

他尖酸刻薄地嘲笑你，你不甘示弱回擊，逞了一時之快。

他毫無理由地看輕你，你也跟著鄙視他，真的就開心了嗎？

當我們以同樣的惡意去反擊對方，卻發現那樣做的自己一點都不開心。

你不但交出了自己的情緒去任由別人左右，更可怕的是你變成了自己最不屑的醜惡嘴臉，變成了自己最厭惡的模樣。

勇敢的人
請小心輕放

我們不是偉人，本來就不會看著魚群逆水上游就悟出大
道理，就算砍倒了櫻桃樹也一定否認到底。
不必強迫自己與惡意傷害我們的人和解，願意原諒他不
代表喜歡他，你只是不想討厭自己。
他本來就沒什麼值得原諒的，我們的原諒是為了自己。
為了收回怒氣當自己情緒的主人，讓自己心平氣和過日
子。

這世界上的道理其實很簡單：
當時候到了，你自然就會得到，
所有該你的一樣也逃不掉。
只是在那之前，你也許會跌跌撞撞更可能會倒地不起，
但這些都不該是你停下腳步的理由。
這個世界不會因為你不理解它為何要這麼壞而變好。
當你覺得世界變好了，是因為你對自己滿意到改變看世
界的角度。
你曾經在意的都不再重要，怎麼樣都過不去的都成為了
過去。

天總會亮，你不會白白受苦。到時候你會發現並懂得人
生的快樂剛剛好就好，這就是你不美好的成長。

Chapter 05
懂你理直氣壯的堅強

勇敢的人請小心輕放

作　　者 | 艾　莉 Ally
發 行 人 | 林隆奮 Frank Lin
社　　長 | 蘇國林 Green Su

出版團隊

總 編 輯 | 葉怡慧 Carol Yeh
企劃編輯 | 鄭世佳 Josephine Cheng
責任行銷 | 朱韻淑 Vina Ju
封面裝幀 | 張　巖 CHANG-YEN
版面設計 | 張語辰 Chang Chen

行銷統籌

業務處長 | 吳宗庭 Tim Wu
業務主任 | 蘇倍生 Benson Su
業務專員 | 鍾依娟 Irina Chung
業務秘書 | 陳曉琪 Angel Chen・莊皓雯 Gia Chuang

發行公司 | 悅知文化　精誠資訊股份有限公司
　　　　　 105台北市松山區復興北路99號12樓
訂購專線 | (02) 2719-8811
訂購傳真 | (02) 2719-7980
專屬網址 | http://www.delightpress.com.tw
悅知客服 | cs@delightpress.com.tw
ISBN | 978-986-510-042-1
建議售價 | 新台幣350元　　首版一刷 | 2019年12月　七刷 | 2021年07月

國家圖書館出版品預行編目資料

勇敢的人請小心輕放 / 艾莉著. -- 初
版. -- 臺北市：精誠資訊, 2019.12
　面；　公分
ISBN 978-986-510-042-1 (平裝)

863.4　　　　　　　　108019095

建議分類 | 心理勵志

讀 者 回 函

《勇敢的人請小心輕放》

感謝您購買本書。為提供更好的服務，請撥冗回答下列問題，以做為我們日後改善的依據。
請將回函寄回台北市復興北路99號12樓（免貼郵票），悅知文化感謝您的支持與愛護！

姓名：＿＿＿＿＿＿＿＿＿＿　性別：□男　□女　　年齡：＿＿＿歲

聯絡電話：(日)＿＿＿＿＿＿＿　(夜)＿＿＿＿＿＿＿＿＿

Email：＿＿＿＿＿＿＿＿＿＿＿＿＿＿＿＿＿＿＿＿

通訊地址：□□□-□□＿＿＿＿＿＿＿＿＿＿＿＿＿＿＿＿

學歷：□國中以下 □高中 □專科 □大學 □研究所 □研究所以上

職稱：□學生 □家管 □自由工作者 □一般職員 □中高階主管 □經營者 □其他＿＿＿＿＿

平均每月購買幾本書：□4本以下 □4~10本 □10本~20本 □20本以上

● 您喜歡的閱讀類別？(可複選)

□文學小說 □心靈勵志 □行銷商管 □藝術設計 □生活風格 □旅遊 □食譜 □其他＿＿＿＿

● 請問您如何獲得閱讀資訊？(可複選)

□悅知官網、社群、電子報 □書店文宣 □他人介紹 □團購管道

媒體：□網路 □報紙 □雜誌 □廣播 □電視 □其他＿＿＿＿＿＿＿＿＿

● 請問您在何處購買本書？

實體書店：□誠品 □金石堂 □紀伊國屋 □其他＿＿＿＿＿＿＿＿＿＿＿＿

網路書店：□博客來 □金石堂 □誠品 □**PCHome** □讀冊 □其他＿＿＿＿＿＿＿＿＿

● 購買本書的主要原因是？(單選)

□工作或生活所需 □主題吸引 □親友推薦 □書封精美 □喜歡悅知 □喜歡作者 □行銷活動

□有折扣＿＿＿折 □媒體推薦＿＿＿＿＿＿＿＿＿＿＿＿＿＿＿＿＿＿

● 您覺得本書的品質及內容如何？

內容：□很好 □普通 □待加強 原因：＿＿＿＿＿＿＿＿＿＿＿＿＿＿

印刷：□很好 □普通 □待加強 原因：＿＿＿＿＿＿＿＿＿＿＿＿＿＿

價格：□偏高 □普通 □偏低 原因：＿＿＿＿＿＿＿＿＿＿＿＿＿＿

● 請問您認識悅知文化嗎？(可複選)

□第一次接觸 □購買過悅知其他書籍 □已加入悅知網站會員www.delightpress.com.tw □有訂閱悅知電子報

● 請問您是否瀏覽過悅知文化網站？　□是　□否

● 您願意收到我們發送的電子報，以得到更多書訊及優惠嗎？　□願意　□不願意

請問您對本書的綜合建議：＿＿＿＿＿＿＿＿＿＿＿＿＿＿＿＿＿＿＿＿

希望我們出版什麼類型的書：＿＿＿＿＿＿＿＿＿＿＿＿＿＿＿＿＿＿

SYSTEX
making it happen 精誠資訊　dp 悦知文化
Delight Press

精誠公司悦知文化　收

105 台北市復興北路**99**號**12**樓

（ 請沿此虛線對折寄回 ）

勇敢的人請小心輕放
他們只是比較擅長隱藏傷心
並不是不會疼

dp 悦知文化
Delight Press